소중한 _____ 에게

_____ 가(이) 선물합니다.

_____

올리버 트위스트

찰스 디킨스 지음

1812년 2월 7일 영국 햄프셔주에서 해군성 경리국 하급 관리의 아들로 태어났습니다.
어린 시절, 빚에 쪼들린 아버지가 감옥살이를 하게 되어 뼈저리게 가난을 경험하면서 자랐습니다.
구두약 공장의 견습공으로 일하던 1824년부터 1827년까지 교육을 받은 게 정규 교육의 전부입니다.
작품을 쓰기 시작한 것은 스물한 살 무렵입니다. 1836년 '보즈'라는 이름으로 「보즈의 스케치집」을
발표한 뒤 「올리버 트위스트」의 대성공으로 세상에 이름을 떨쳤습니다. 그 후, 자신이 직접 겪은
사회의 밑바닥 생활을 생생히 묘사한 작품과 세상의 어두운 면을 유머러스하게 비판한 작품들로 19세기
영국을 대표하는 대작가의 위치에 오르게 되었습니다. 대표작으로 「골동품 상점」, 「두 도시 이야기」,
「위대한 유산」 등이 있으며, 1870년 2월에 세상을 떠났습니다.

이동렬 엮음

한국일보 신춘문예에 동화가 당선되어 문단에 나왔습니다. 그동안
「토토야! 우리 백두산 가자」, 「꾸도깨비의 이상한 장난」, 「워리와 벤지」, 「마지막 줄타기」 등을 펴내
세종아동문학상 · 해강아동문학상 · 이주홍아동문학상 · 올해의작가상 등을 받았습니다.

2023년 4월 25일   2판 8쇄 **펴냄**
2011년 8월 10일   2판 1쇄 **펴냄**
2005년 8월 20일   1판 1쇄 **펴냄**

펴낸곳 (주)효리원
펴낸이 윤종근
지은이 찰스 디킨스
엮은이 이동렬 · **그린이** 강범수
등록 1990년 12월 20일 · **번호** 2-1108
우편 번호 03147
주소 서울시 종로구 삼일대로 457, 406호
전화 02)3675-5222 · **팩스** 02)765-5222

ⓒ 2005 · 2011, (주)효리원

ISBN 978-89-281-0137-5   64840

이메일 hyoreewon@hyoreewon.com
홈페이지 www.hyoreewon.com

올리버 트위스트

찰스 디킨스 지음
이동렬 엮음 / 강범수 그림

 효리원
hyoreewon.com

여러분은 앞으로 긴 인생을 살아가며 여러 가지 경험을 하게 될 것입니다. 얼굴에 방긋 웃음꽃이 피게 해 줄 기쁜 일도 있을 것이고, 까르르 웃음이 터지는 일도 많을 것입니다. 하지만 항상 행복한 일들만 가득할 순 없겠지요?

저절로 눈물이 뚝뚝 떨어질 만큼 외롭고 고통스러운 일도 분명 일어날 것입니다. 그렇기 때문에 어려움을 직접 체험하고 견디며 어려움 속에서 삶의 지혜를 스스로 찾으려는 노력이 필요할 것입니다. 그러한 값진 체험은 여러분을 더 강하고 건실한 어른으로 성장시켜 줄 테니까요.

지금까지도 명성이 자자한 영국의 소설가 찰스 디킨스(1812~1870)는 어려운 가정에서 성장했습니다. 그는 그러한 경험을 바탕으로 주변의 고통받는 현실을 저버리지 않고 사회의 여러 가지 단면을 담은 소설들을 많이 썼습니다. 그중 『올리버 트위스트』에는 당시 영국의 어려운 사회 현실과 그것을 극복

하는 주인공이 등장합니다.

올리버 트위스트는 아무런 사연도 모른 채 고아가 되어 보육원에서 구박을 받으며 외롭게 자랍니다. 또한 주위에는 그를 괴롭히는 사람이 많았습니다. 하지만 올리버 트위스트는 순수하고 온화한 마음가짐으로 여러 가지 힘든 상황을 씩씩하게 헤쳐 나갑니다. 어려운 생활 속에서 잊어버리기 쉬운 성실함과 정직함, 그리고 솔직함으로 우리의 마음을 환하게 밝혀 준답니다. 그러한 행동이 결국에는 자신의 진실을 밝히게 되었고 잃어버렸던 재산도 찾아 행복한 결말로 이어질 수 있었던 것입니다.

여러분들도 시험 점수가 낮다고 슬픈 표정 짓지 마세요. 값비싼 옷과 넉넉한 용돈을 부러워하며 부모님을 원망하지도 마세요. 여러분들보다 더 큰 슬픔을 이기고 마지막에 활짝 웃는 올리버 트위스트를 보면서 자신의 마음속에서 행복의 촛불을 스스로 밝힐 수 있는 지혜로운 사람으로 성장했으면 좋겠습니다.

엮은이 이동렬

| 차례 |

불행했던 보육원 생활

영국 런던 시내에서 멀리 떨어진 곳에 작고 볼품 없는 보육원이 하나 있었습니다. 그곳은 변두리에 있는 허름한 보육원이어서 누구 하나 관심도 갖지 않았습니다.

그런데 어느 날, 곧 아기를 낳을 것 같은 젊은 여인이 이 보육원 앞에서 쓰러졌습니다. 길가던 사람이 여인을 발견하고는 보육원으로 달려들어와 소리쳤습니다.

"사람이 쓰러졌어요. 가까운 병원으로 옮겨야 하는데, 금방이라도 아기를 낳을 것 같아 옮길 수가 없어요. 할 수 없이 여기서 아기를 받아야겠어요."

그때 간신히 눈을 뜬 여인이 몹시 괴로운 듯 가쁜 숨을 몰아쉬며 이렇게 말했습니다.

"아아! 불쌍한 우리 아기 좀 살려 주세요. 제발, 우리 아기를 좀……."

"부인! 부인! 정신을 차려 봐요. 정신을 차려야 건강한 아기를 낳을 수 있어요."

보육원에서 허드렛일을 도와주는 샐리 할머니가 달려나와 아기 받는 일을 거들었습니다.

"아아! 불쌍한 우리 아기……!"

샐리 할머니는 아기 엄마를 도와 아기를 받아 냈습니다.

그러나 어렵게 아기를 낳은 여인은 안타깝게도 그만 숨을 거두고 말았습니다. 그 여인은 마지막 순간까지 샐리 할머니에게 갓난아기를 부탁하고 눈을 감았습니다.

"대체 이 아기 엄마는 누구요?"

읍내에서 출장을 온 의사가 샐리 할머니에게 물었습니다. 샐리 할머니는 아무것도 모른다며 고개를 저었습니다.

"이런! 괜스레 혹만 하나 더 붙은 셈이로군. 이 아기는 골칫덩어리가 될 게 틀림없어."

의사는 툴툴거리며 나가 버렸고, 샐리 할머니는 보육원의 책임자에게 아기가 태어났다는 소식을 전했습니다.

"에잇! 귀찮은 일이 하나 더 생겼군. 음, 하긴 요즘에는 교회에서 갓난아기에 대한 특별 구호금이 잘 나오니 오히려 잘된 일일 수도 있겠구나."

그리고 아기의 이름을 '올리버 트위스트'라고 지었습니다. '트위스트'라는 말은 '비틀다'라는 뜻으로, 사람의 이름으로는 어울리지 않았습니다.

올리버 트위스트는 이 보육원에서 계속 자라게 되었습니다. 하지만 올리버의 몫으로 나오는 돈을 중간에서 여러 사람이 가로채 버렸기 때문에 겨우 목숨만 이어 나갈 정도로 조금밖에 먹을 수 없었습니다. 그래서 올리버는 점점 빼빼 말라 마치 꼬챙이처럼 변해 갔습니다.

올리버가 자라 돌이 되자 보육원의 지원(보육원을 나누어서 따로 설치한 곳)으로 옮겨 가게 되었습니다. 그곳에서는 오갈 데 없는 아이들 30여 명이 늙고 심술궂은 보모 밑에서 생활하고 있었습니다. 늙은 보모는 걸음을 뒤뚱뒤뚱 걸었는데, 읍사무소의 빈민 양육 담당인 범블이 보육원을 찾아올 때에만 걸음이 빨라지곤 했습니다.

"안녕하세요, 범블 씨? 오늘은 무슨 용건이신지……."

"아, 올리버 트위스트에 관해 상의할 게 있어서 이렇게 들렀소. 올리버란 아이도 이제 아홉 살이 되었으니 이 지원에 더 있을 이유가 없지 않소? 그래서 이제 보육원으로 데려가야겠는데……. 이미 20파운드나 내걸고 그 아이의 신분을 조사했지만 아무것도 알아 내지 못했으니 어쩔 수 없소. 그러니 어서 올리버를 데려오시오!"

"네네, 제가 곧 올리버를 데려오지요."

늙은 보모는 올리버 트위스트를 말끔하게 씻겨서 데리고 왔습니다. 그리고 버터를 발라 먹음직스러워 보이는 커다란 빵을 올리버에게 건네주었습니다. 보모가 이런 모습을 보인 것은 처음이었습니다.

"맛있게 먹겠습니다!"

어린 올리버는 침이 꼴딱꼴딱 넘어갈 정도로 맛있는 빵을 먹으며 마냥 기분이 좋았습니다. 그리고 보육원을 향해 앞장서는 범블을 따라나섰습니다.

"더 가야 하나요?"

"응."

어린 올리버가 걷다 지쳐서 이렇게 물었는데도 범블은 무뚝뚝하게 대답할 뿐이었습니다.

"너무 힘들어서 더 이상 걷지 못하겠어요. 조금만 쉬었다 가면 안 되나요?"

"시끄러워! 보육원에 빨리 도착해야 한단 말이야."

범블은 올리버의 팔을 잡아끌며 다시 걸음을 옮겼습니다.

올리버는 쓰러질 듯 비틀거렸습니다. 그렇게 5킬로미터를 걸어서야 겨우 보육원에 도착했습니다.

보육원에서 올리버 트위스트를 맞이한 사람은 뱃살이 두둑하게 찐 신사들이었습니다. 그런데 신기한 것은 그렇게 거들먹거리던 범블이 뚱뚱한 신사들 앞에서는 고양이 앞의 생쥐처럼 쩔쩔매는 것이었습니다.

"얘, 꼬마야. 네 이름이 뭐냐?"

"오…올리버어 트위스으트."

올리버 트위스트가 자기 이름을 말하기는 했지만, 겁에 질린 나머지 들릴 듯 말 듯한 목소리로 간신히 대답했습니다.

"하하하! 이 녀석, 바보인가 보네!"

신사들은 떠들썩하게 웃고는 올리버에게 고아인 네게 베푸는 커다란 은혜를 잊으면 안 된다고 연설을 했습니다.

한바탕 연설이 끝나고 나서야 올리버는 보육원 안으로 들어갈 수 있었습니다.

식사 시간이 되면 인상이 사나운 대머리 주방장이 멀건 죽을 나누어 주었습니다. 아이들은 길게 줄을 섰다가 자기 차례가 되면 건더기가 하나도 없는 죽을 받아 들었습니다. 하지만 이 것조차 마음껏 먹을 수 없었기 때문에 국물 한 방울 남기지 않고 그릇 바닥까지 깨끗이 핥아먹었습니다.

"날마다 맛있는 밥을 먹는 사람들은 얼마나 좋을까?"

"그러게 말야. 나도 배부르게 한번 먹어 봤으면 좋겠다."

보육원의 아이들은 식사 시간마다 고픈 배를 움켜쥐어야 했습니다.

"아, 배고파 죽겠다! 이러다가 굶어 죽을지도 몰라."

"그러게 말이야. 더 이상은 못 참겠어. 죽을 더 먹을 수 있는 방법이 없을까?"

"이대로는 안 되겠다. 도저히 이렇게는 못살겠다고!"

배가 고파서 아우성을 치던 아이들은 꾀를 내었습니다. 그들은 대표를 뽑아서 죽을 더 달라고 말하기로 했습니다. 하지만 자기가 나서서 말하겠다는 사람은 한 명도 없었습니다. 그래서 제비뽑기를 해서 뽑힌 사람이 대표가 되기로 했습니다.

"자, 이제 제비뽑기에 뽑힌 사람이 앞장서서 말하는 거야, 알았지?"

"응."

드디어 키 큰 아이가 제비를 뽑았습니다. 그런데 제비뽑기에서 걸린 아이는 다름 아닌 올리버 트위스트였습니다.

저녁 시간이 되었습니다. 아이들은 평소처럼 후루룩 죽을 다 먹어치웠습니다. 그러고는 힐끔힐끔 올리버에게 눈치를 주었습니다. 옆구리를 쿡쿡 찌르는 아이도 있었습니다.

"야, 올리버! 네가 말하기로 했잖아? 어떻게든 해 보라고."

아이들의 아우성에 올리버는 얼굴이 빨개진 채 어쩔 줄을 몰랐습니다. 그러다가 슬금슬금 일어났습니다.

"저어, 배가 너무 고파서 그러는데, 조금만 더 주세요."

올리버가 기어들어가는 목소리로 말했습니다. 처음 벌어진 일이라 주방장은 놀라서 입을 쩍 벌리고 말았습니다.

그러나 곧 얼굴이 붉으락푸르락 험상궂게 변했습니다.

"쿵!"

주방장은 손에 들고 있던 커다란 국자를 치켜들어 올리버의 머리를 세게 내리쳤습니다.

"뭐라고? 이런 버르장머리없는 녀석 같으니! 그 따위 말을 지껄인 것을 후회하게 만들어 줄 테다! 어서 썩 꺼지지 못해!"

주방장은 버럭 소리를 지르고는 이 놀라운 소식을 얼른 범블에게 알려야겠다고 생각했습니다.

"큰일 났습니다! 큰일이 났다고요! 올리버 트위스트라는 아이가 감히 죽을 더 달라고 항의한 사건이 벌어졌습니다."

주방장에게 이야기를 전해 들은 하녀가 곧장 뛰어가 범블에게 소식을 전했습니다.

"아니, 뭐, 뭐라고! 배가 고파 죽겠다고 죽을 더 먹겠다고 소리쳤다고? 이런 고약한 놈!"

범블은 기분이 몹시 나빠 크게 소리쳤습니다. 그리고 회의를 열어 이 일을 어떻게 처리할 것인지 의논했습니다.

"이대로 그냥 놔 두면 안 돼요. 올리버 같은 아이가 한 명, 두 명 더 생긴다고 생각하니 벌써부터 머리가 지근지근 아프다고요. 그 아이를 다른 곳으로 보내 버립시다."

"그것 참 좋은 의견이오. 좋습니다. 이왕 보낼 거 하루라도 빨리 보내 버립시다."

올리버를 다른 곳으로 보내기로 결정하고 회의를 끝냈습니다. 그들은 곧 보육원 정문 앞에 올리버라는 아이를 데리고 가면 보상금 5파운드를 얹어 주겠다는 공고문을 붙였습니다.

그리고 며칠이 지났습니다.

"어, 이게 뭐지? 열 살짜리 남자아이를 데려가는 사람에게는 보상금 5파운드를 주겠다고? 옳지! 그렇다면 내가 데려가서 일을 부려먹으면 되겠구나."

보육원 앞을 지나가던 굴뚝 청소부 갬필드가 공고문을 보고는 신이 나서 보육원으로 들어섰습니다.

"똑똑!"

"들어오세요. 무슨 일로 오셨습니까?"

"저, 문에 붙어 있는 글을 보고 왔는데요. 저는 굴뚝 청소를 하는데 마침 남자아이가 필요해서요."

갬필드는 보육원 사무실에 모여 앉은 위원들에게 둘러싸여 말을 시작했습니다. 하지만 그의 직업이 굴뚝 청소부인 것을 알고는 반대하는 사람이 생겼답니다.

"잠깐만요. 지난번에도 아이 하나가 굴뚝 속에 들어가 청소를 하다가 떨어져 죽은 사건이 있지 않았습니까? 아직 어린아이가 하기엔 지나치게 위험한 일인 것 같군요."

그 위원의 말에 갬필드는 얼굴이 붉으락푸르락해지면서 자신의 의견을 말했습니다.

"아니, 그 말씀은 지나친 오해예요. 지난번 그 일은 제가 힘든 일을 시킨 게 아니라 그 아이의 부주의로 일어난 사고였어요. 청소가 다 끝났는데도 그 아이가 굴뚝에서 얼른 나오지 않았기 때문이라고요. 그래서 그 녀석을 빨리 나오게 하려고 축축한 짚을 태워 굴뚝 속으로 넣기는 했지만……. 하여튼 그 사건은 다 멍청한 그 녀석 때문에 벌어진 일이었어요. 그리고 그런 일은 다시는 벌어지지 않을 겁니다."

갬필드의 말이 끝나자 위원들은 웅성거리며 서로의 의견을 주고받기 시작했습니다. 한참 이야기를 나눈 끝에 드디어 한 사내가 일어났습니다.

"갬필드 씨, 죄송합니다만 올리버를 당신에게 보낼 수 없다고 결정지었으니 그냥 돌아가는 게 좋겠소. 당신이 하는 일은

너무나 힘들어요. 게다가 5파운드를 붙여 준다는 것은 우리가
밑지는 일 아니오?"

"아니, 그렇다면 5파운드를 다 안 주셔도 좋습니다. 돈은 깎
아 드릴 수도 있어요. 저도 5파운드를 다 받을 생각은 없습니
다. 어느 정도면 될까요?"

갬필드는 위원들의 속마음을 알아차리고는 얼른 보상금을
덜 받겠다고 제안했습니다. 그러자 위원들은 다시 머리를 맞

대고 웅성거리더니 금액을 흥정했습니다.

"좋습니다! 그럼 3파운드 10실링에 결정했습니다. 더 이상은 저도 양보할 수가 없군요! 자, 그럼 이제 제가 그 아이를 데려가도 되는 거죠?"

위원들은 3파운드 10실링에 올리버를 굴뚝 청소부 견습공으로 갬필드에게 보내기로 결정했습니다. 그래서 읍장의 허가를 받기 위해 올리버 트위스트를 데리고 읍사무소로 갔습니다. 물론 가기 전에 올리버에게 단단히 주의를 주는 것도 잊지 않았습니다.

"올리버, 이제 보육원을 떠나 저 아저씨를 따라가서 함께 살아야 하는 거다. 그런 줄 알고 읍장님 질문에 큰 소리로 또박또박 대답하도록 해라. 이상한 말을 해서 일을 그르치게 되면 가만두지 않을 테니 명심하거라! 알겠지?"

올리버는 범블이 가리키는 낯선 사내를 쳐다보았습니다.

'나는 이제 저 아저씨를 따라가게 되는구나. 하지만 너무 무섭게 생겼는걸. 시커먼 얼굴에 매서운 눈이 아주 사나워 보이잖아. 이를 어쩌지?'

올리버와 갬필드, 그리고 범블은 번쩍번쩍 빛나는 커다란 건물 안으로 들어갔습니다. 그곳에는 커다란 책상과 책들이 가득 꽂힌 책장이 놓여 있었습니다.

"그래, 바로 이 아이가 굴뚝 청소부가 꿈이라는 올리버란 아이인가?"

소파에 앉아 있던 머리가 하얗게 센 신사가 신문을 읽다가 조용히 접어 놓으면서 물어보았습니다.

"네, 제가 전에 말씀드렸던 올리버 트위스트랍니다. 워낙 굴뚝 청소부가 되겠다고 고집을 부려서요. 그리고 이쪽은 이 아이를 데려갈 갬필드라는 사람입니다."

인사가 끝난 뒤에 읍장은 서류에 서명을 하려고 펜을 찾아들었습니다. 그런데 잉크병이 보이지 않아 책상 위를 뒤적거리다가 올리버와 눈이 마주쳤습니다. 올리버의 눈동자는 불안감 때문에 이리저리 바쁘게 움직이고 있었습니다.

"아니, 너 지금 몹시 떨고 있구나. 왜 그러니? 괜찮으니까 내게 천천히 말해 보려무나."

읍장의 부드러운 말에 용기를 얻은 올리버가 두 주먹을 불끈 쥐고는 큰 소리로 말했습니다.

"저는 저 아저씨를 따라가기가 무서워요. 제발 저를 저 아저씨에게 보내지 말고 보육원으로 보내 주세요. 보육원에서 아무리 배가 고프더라도 굴뚝 청소부가 되는 것보다는 나을 것 같아요.

그러니 제발 저를 저 아저씨에게 보내지만 말아 주세요."

옆에 서 있던 범블이 두 눈을 무섭게 치켜뜨고 있었지만 올리버는 덜덜덜 떨면서도 하고 싶은 말을 다 했습니다.

"이게 대체 어떻게 된 일이오? 입이 있으면 설명을 해 보시오. 나는 이 서류에 서명을 할 수 없으니 이 아이를 다시 보육원으로 데려가시오."

범블은 화가 난 읍장 앞에서 아무 변명도 하지 못하고 올리버를 보육원으로 데려올 수밖에 없었습니다. 하지만 범블의 머릿속에는 어떻게 해서든지 이 골칫덩어리 녀석을 보육원에서 하루 빨리 쫓아 낼 생각뿐이었습니다.

그런 기회는 생각보다 빨리 찾아왔습니다. 며칠이 지난 뒤, 장의사인 소워베리가 보육원을 찾아왔습니다. 청소도 제대로 하지 않아 지저분한데다 영양가도 없는 멀건 죽을 먹이는 보육원에서는 아이들이 많이 죽었습니다. 그래서 범블은 소워베리와 평소 친분이 있었습니다.

그는 키가 멀쑥하게 큰데도 머리끝부터 발끝까지 모두 검은색으로 차려입으니 더 바싹 말라 보였습니다. 범블은 그런 소워베리를 보자 올리버를 내쫓을 좋은 생각이 떠올라 그를 향해 뛰어갔습니다.

"이봐, 소워베리! 자네 혹시 사내아이 하나 데려다 일 시킬
생각 없나? 있다면 내가 얌전한 아이를 소개시켜 주겠네."

"그렇다면 저야 좋지요. 안 그래도 사내아이를 하나 구할까
생각하던 중이었습니다."

범블은 소워베리가 올리버를 데려가도록 살살 꼬드겼습니
다. 그리고 올리버를 따로 불러서 협박을 했습니다.

"올리버! 만일 이번에도 허튼소리를 해서 일을 그르치면 내
가 가만히 있지 않을 게다. 넌 다른 곳으로도 가지 못하고, 보
육원에도 발을 들여놓지 못하게 될 테니까 그런 줄 알아라. 내
말 알아듣겠지?"

협박에 겁을 먹은 올리버는 낯선 소워베리를 따라 그의 집으
로 가게 되었습니다. 바람이 몹시 부는 날이어서 그런지 왠지
모를 서러움이 밀려와 눈물을 찔끔거리기도 했습니다.

"여보, 내가 사내아이를 하나 데리고 왔어. 이리 와서 얼굴
부터 보시오."

소워베리가 가게 문을 열면서 소리쳤습니다.

그러자 소워베리의 부인이 나왔습니다.

"아니, 이 꼬마예요? 이렇게 조그만 녀석을 어떻게 부려먹어
요? 하여튼 보육원에서 데려오는 애들은 영 쓸모가 없단 말이

에요."

소워베리 부인은 키가 작은 올리버가 마음에 들지 않았나 봅니다. 부인은 얼굴을 잔뜩 찌푸리며 퉁명스럽게 말했습니다.

"거기서 꾸물거리지 말고 나를 따라와!"

그러고는 습기가 많은 지하실로 데려갔습니다.

거기에는 이미 어떤 여자아이가 쭈그리고 앉아 있었습니다. 소워베리 부인은 그 여자아이에게 명령하듯 소리쳤습니다. 부인의 말이 떨어지기 무섭게 여자아이가 올리버한테 먹을 것을 가져다 주었습니다.

올리버가 받아 든 것은 개한테 먹이려다가 만 고깃덩어리 약간이었습니다. 하지만 제대로 된 음식을 먹어 본 적이 없는 올리버는 남기지 않고 접시를 깨끗이 비웠습니다.

"얘, 너 다 먹었으면 저기 관 옆에 놓인 침대에서 자도록 해! 그리고 내일 아침에 일찍 일어나야 한다는 것 잊지 말고!"

"네, 아주머니."

장의사의 집으로

올리버 트위스트는 난생 처음으로 보육원 밖에서 밤을 보내게 되었습니다. 낯선 집에서 잠을 자려고 하니 잠은 오지 않고 무서운 생각만 들었습니다. 게다가 올리버가 누운 딱딱하고 낡은 침대 옆으로 검은 관들이 놓여 있어서 무서운 생각이 머릿속을 떠나지 않았습니다.

"삐걱, 삐걱."

올리버가 잠이 오지 않아 뒤척일 때마다 낡아빠진 침대는 금세라도 무너질 것같이 신음 소리를 냈습니다. 깜깜한 밤중에 삐그덕거리는 소리는 마치 귀신이라도 불러들이는 것처럼 머리끝이 쭈뼛하도록 서늘한 느낌이었습니다.

"오늘 밤엔 정말 잠이 오질 않네. 저기 관 위에 하얀 천을 씌워 놓은 널빤지들이 귀신처럼 보여서 정말 무서워. 제발 빨리 아침이 밝았으면 좋겠다……."

올리버는 밤새 바들바들 떨면서 뒤척이다가 새벽녘에야 잠이 들었습니다.

"얘, 올리버! 지금이 몇 시인 줄 알아? 해가 저렇게 높이 떴는데 아직도 자고 있다니? 도대체 정신이 있는 거야, 없는 거야? 어서 일어나지 못해!"

올리버는 소워베리 부인이 호통을 치는 소리에 깜짝 놀라 잠이 깼습니다. 올리버는 허둥지둥 옷을 갈아입고 아래층으로 내려갔습니다.

"네가 올리버냐? 나는 노아 클레이폴이라고 해."

"안녕? 나는 어제 온 올리버 트위스트라고 해. 잘 부탁해."

처음 보는 소년이 올리버를 기다렸다가 말을 걸었습니다.

"어쭈! 처음 보는 사람한테 반말을 하네! 다시 한 번 나한테 반말을 했다가는 가만 안 둘 거야! 이래 봬도 내가 여기서 너보다 먼저 일을 시작한 고참이란 말이야."

사실 노아 클레이폴은 착해 보이는 인상은 아니었습니다. 그는 광대뼈가 툭 튀어나온데다가 눈매도 하늘로 치켜올라가 매서워 보였기 때문에 처음 보는 사람에게 좋은 느낌을 주지는 않았습니다.

노아 클레이폴도 올리버처럼 보육원 출신이긴 했지만, 원래 부모님을 모두 잃은 고아는 아니었습니다. 그의 아버지는 전쟁터에 참가했던 군인으로, 한쪽 다리를 다친 채 제대를 했습니다. 그 뒤로는 일도 하지 않고 날마다 술에 취해 어린 노아 클레이폴과 세탁소에서 일하는 가엾은 아내를 때리고 괴롭히기 일쑤였답니다. 그래서 노아 클레이폴은 부모가 살아 있는데도 보육원에서 생활을 하다가 이곳에서 일하게 된 것이었습니다.

그렇다면 올리버 트위스트는 어떻게 생겼을까요? 올리버는 그와는 반대로 곱상하고 착해 보였습니다. 하얗고 뽀얀 얼굴과 커다랗고 까만 눈동자는 사람들의 동정심을 자극하고 올리버를 마냥 착한 아이로 느끼게 해 주었답니다.

어느 날, 소워베리는 올리버의 얼굴을 쳐다보다가 새로운 일을 맡겼습니다.

"올리버! 너는 참 착해 보이는구나. 너의 불쌍해 보이는 얼굴을 이용하면 내 장사가 더 잘될 것 같다. 좋아! 이제부터 검은 깃발을 들고 장례식장에 따라다니도록 해라. 되도록 불쌍하고 안타까운 표정을 지어야 한다는 것 잊지 말고 말이야."

그날부터 올리버는 검은 깃발을 들고 장례식장마다 따라다니게 되었습니다. 사람들은 작고 착해 보이는 아이가 장례식장에서 일하는 것을 보고 안타깝게 생각했습니다. 그리고 이상하게도 장례식장에 모인 사람들은 슬퍼 보이는 올리버의 얼굴을 볼 때마다 눈물을 더 잘 흘렸답니다.

장례식에 오는 사람들이 올리버만 좋아하고 잘해 주자, 심통이 난 노아 클레이폴은 올리버를 더욱 괴롭혔습니다.

"이 자식, 다 너 때문이야! 네가 이 가게에 온 다음부터 되는 일이 없어. 어디 내 주먹맛이 어떤지 좀 봐라."

화가 난 노아 클레이폴은 씩씩거리며 올리버를 때렸습니다. 영문도 모른 채 얻어맞은 올리버는 크게 소리 내어 울지도 못하고 구석에서 눈물을 흘리며 참아야만 했습니다.

소워베리 부인도 노아 클레이폴과 한편이었기 때문에, 이 장면을 보았다면 싸움을 말리기는커녕 오히려 더 때렸을 테니 참는 것이 나았습니다.

어느 날 저녁이었습니다. 그날도 노아 클레이폴은 올리버의 옆에 바짝 다가앉아 살살 약을 올리기 시작했습니다.

"이 바보야! 너희 엄마는 어떻게 죽었냐? 분명히 나쁜 짓을 저질러서 죽었을 테지, 안 그래?"

"아냐! 절대로 아니야! 우리 엄마는 착한 사람이야. 그리고 죽은 엄마에 대해서 더 이상 이야기하지 말아 줘."

평소 얌전하던 올리버가 발끈 화를 내자, 노아 클레이폴은 더 신이 나서 약을 올려 댔습니다.

"너희 엄마가 착한 사람인지 나쁜 사람인지 네가 어떻게 아냐? 아마 너희 엄마는 나쁜 사람이었을 거야. 그러니까 여기저기 옮겨 다니다가 길거리에서 아이를 낳고 너를 보육원에 보내지 않았겠어? 내 말이 맞지?"

"너 우리 엄마에 대해 이야기하지 말라고 했지? 나도 가만히 있지 않을 거야."

자신의 엄마에 대해 험담을 하자 올리버는 화가 머리끝까지 치밀었습니다. 그래서 자신도 모르게 옆에 있던 의자를 들고 노아 클레이폴에게 달려들었습니다.

"쾅!"

올리버는 의자를 노아 클레이폴에게 던지고는 두 주먹을 불끈 쥐고 사정없이 주먹질을 했습니다. 얼굴이며 가슴이며 닥치는 대로 마구 두들겨팼습니다. 평소 착하고 순하기만 하던 올리버의 눈에서 불꽃이 살아 움직이는 것만 같았습니다.

　올리버의 모습에 놀란 노아 클레이폴은 그 자리에서 꼼짝도
못 하고 그대로 얻어맞았습니다.
　"사, 살려 줘요! 올리버 자식이 나를 죽이려고 해요! 어서,
누가 좀 도와주세요!"

노아 클레이폴이 외치는 소리를 듣고 소워베리 부인이 달려
왔습니다.

"아니, 이 녀석이……! 내 이럴 줄 알았다. 보육원 출신이 언
젠가는 우리 집을 쑥대밭으로 만들어 놓을 줄 알고 있었지. 어
디 너도 나한테 맞아 봐라!"

소워베리 부인은 서로 엉겨붙어 있던 두 사람을 떼어 놓고는
빗자루를 집어들어 올리버 트위스트를 때리기 시작했습니다.
옆에서 보고 있던 노아 클레이폴도 올리버를 사정없이 두들겨
팼습니다. 그렇게 한참을 때리고 난 다음에 올리버를 질질 끌
어다가 아무도 없는 헛간에 가두어 두었습니다.

"이런, 아주 큰일 날 뻔했구나. 내가 조금만 더 늦게 왔다면
무슨 일이 생겼을지 누가 아니? 안 되겠다. 지금이라도 당장
저 올리버 녀석을 보육원으로 돌려보내야지. 더 이상 우리 집
에 있게 했다가는 더 큰일이 생길 수도 있겠어."

소워베리 부인은 씩씩거리며 올리버를 내쫓을 궁리를 했습
니다. 그리고 밖에 나간 소워베리가 어서 돌아오기만을 기다
렸습니다.

"여보, 나 왔소. 그런데 집이 왜 이렇게 조용한 게야?"

마침내 일하러 나갔던 소워베리가 집으로 돌아왔습니다. 그

러자 부인이 달려나가 올리버가 저지른 일을 과장되게 부풀려 말했습니다.

"당신이 없는 동안 우리 집에 아주 큰 사건이 벌어졌다우. 순진한 얼굴을 하고 있더니만 마음속엔 악마가 들어 있는 게 틀림없어요. 클레이폴뿐만 아니라 나까지 죽이려고 덤벼들었다니까요."

이야기를 모두 들은 소워베리는 올리버를 보러 헛간으로 갔습니다. 그러나 헛간에 쓰러져 있는 올리버의 모습은 눈을 뜨고는 볼 수 없을 정도였습니다. 옷은 다 찢어져서 너덜너덜했고, 핏자국이 난 얼굴은 퉁퉁 부어 있었습니다. 소워베리는 이런 올리버의 모습을 보고 가엾고 안타까운 감정이 치밀었습니다. 또 평소에 교활한 노아 클레이폴을 생각하니 오히려 그가 싸움을 걸었을 것이라는 확신이 들었습니다.

"여보, 뭐 하는 거예요? 저 못된 녀석을 혼내 주지 않고요?"

'사납게 싸움질을 했다던 올리버가 오히려 두들겨 맞고 저렇게 쓰러져 있잖아. 하지만 아내의 말도 모른 척 넘어갈 수는 없으니 이를 어쩌나.'

잠시 주저하던 소워베리는 이내 마음을 굳혔는지 옆에 있던 회초리를 집어 들고는 소리를 질렀습니다.

"아니, 이 녀석! 은혜를 이렇게 갚다니! 도대체 내 집에서 무슨 행패를 부린 게야? 너같이 싸움만 하는 말썽꾸러기에게는 매가 가장 좋은 약이다!"

소워베리는 회초리로 올리버의 허벅지를 마구 때렸습니다. 올리버는 너무 아파서 소리를 질렀습니다. 하지만 소워베리는 올리버를 실컷 때리고 나서 헛간에서 나와 버렸습니다. 올리버를 헛간에 홀로 둔 채 말이에요.

올리버는 갑자기 서러운 생각이 들었습니다. 맞을 때에는 꾹 참고 울음을 터뜨리지 않았지만, 깜깜한 헛간에 홀로 남으니 정말 무섭고 억울하다는 생각이 들었습니다.

'더 이상 이렇게 살고 싶지 않아. 여기에 더 머물렀다가는 노아 클레이폴이 더욱 심하게 괴롭힐 게 뻔하잖아. 이렇게 구박만 받고 얻어맞을 바에야 차라리 내 힘으로 혼자 살아가야겠어. 날이 밝는 대로 여기서 도망치자.'

올리버는 굳은 결심을 하고는 깜깜한 어둠 속에서 자기 물건을 챙겼습니다. 그리고 어둠이 걷히기만을 기다렸습니다.

드디어 해가 떠오르기 시작했습니다. 올리버는 조용히 헛간 문을 열고 밖으로 빠져나왔습니다. 마음속으로는 몹시 두려웠지만 꾹 참았습니다. 그리고 '소워베리 장의사'와 반대편 길을 따라 도망쳤습니다.

한참을 걷고 또 걸었습니다. 그런데 걷다 보니 익숙한 곳이 눈에 들어왔습니다. 바로 자신이 몇 년 동안 살았던 보육원 근처였던 것입니다. 올리버는 자신도 모르게 보육원 건물로 다가가 아는 사람이 없나 하고 기웃거렸습니다. 그런데 보육원 쇠창살 너머에 아는 얼굴이 보였습니다.

"야! 너 올리버 트위스트 아니니?"

"그래, 맞아! 나 올리버야. 디크, 너 혼자 나와 있는 거야?"

올리버는 보육원 친구 디크를 만나 마음이 놓였습니다. 그래서 자신이 겪은 일을 간단히 이야기해 주었습니다.

"디크! 너 절대로 여기서 날 보았다는 말을 하면 안 돼. 나는 지금 도망가는 길이거든. 그런데 네 얼굴빛이 왜 그래? 안 좋아 보이는데, 어디 아픈 거야?"

"사실 나 얼마 못 살 거 같아. 지난번 의사 선생님의 말씀도 그렇고, 요즘 꿈에 자꾸 엄마가 나타나……."

"아니야. 기운 내! 네가 기운 차리고 튼튼해지려고 마음만 먹으면 금방 건강해질 거야. 디크, 난 지금 도망가는 중이지만 우리 언젠가 다시 만나자. 그때까지 잘 지내야 해. 알았지?"

"그래, 올리버! 조심해서 잘 가!"

올리버와 디크는 쇠창살 사이로 손을 꼭 잡고는 눈물을 글썽거리며 말했습니다. 올리버는 아픈 디크를 더 위로해 주고 싶었지만 뒤에서 누군가 나타날 것만 같아 더 이상 그렇게 있을 수가 없었습니다.

머릿속에 아픈 디크의 얼굴이 어른거렸지만, 그럴 때마다 올리버는 마음을 다독거리며 계속 길을 걸었습니다.

'런던까지 110km'

길가에 세워져 있는 표지판이 눈에 들어왔습니다.

"그래! 런던으로 가자! 이 길을 따라 죽 걸어가면 언젠가는 런던이 나오겠지! 그렇게 큰 도시에는 나를 알아볼 사람도 없을 테고, 무슨 일이든 하면 밥은 굶지 않고 살 수 있을 거야! 조금만 더 힘을 내자!"

올리버 트위스트는 씩씩하게 걸었습니다. 주머니 속에 숨겨 나온 딱딱한 빵 조각을 씹으면서 런던을 향해 걷고 또 걸었습니다. 다리가 딱딱한 나뭇가지처럼 감각을 잃어 갔지만, 잠시 쉬고는 또 걸었습니다. 배 속에서는 꼬르륵꼬르륵 소리가 났고, 팔과 다리에는 힘이 하나도 없었습니다.

아찔한 만남

1주일을 꼬박 걸어서 올리버는 런던 근처 버넷이라는 도시에 도착했습니다. 올리버는 손가락 하나 까딱할 기운도 없어 어느 집 앞에 웅크리고 앉아 있었습니다. 이때 검은 그림자가 올리버에게 다가왔습니다.

"어이, 꼬마야! 너 왜 이러고 있니? 넌 집이 없니?"

코는 납작하고 눈은 작고 날카롭게 생긴 소년이 올리버에게 말을 걸었습니다.

"너무 피곤하고 힘이 없어서 여기서 쉬고 있는 거야. 나는 아주 먼 길을 걸어왔거든."

"그럼 너 배가 많이 고프겠구나. 너 돈 가진 거 있니? 없다면 내가 밥을 사 줄 테니 따라와.”

무척 배가 고팠던 올리버는 밥을 먹을 수 있다는 생각에 주저하지 않고 소년을 따라갔습니다. 그리고 소년의 이름이 ‘잭 도킨스’라는 것을 알게 되었습니다. 올리버는 잭 도킨스가 건네주는 빵을 허겁지겁 먹었습니다.

“저기 너 말야. 나랑 같이 일해 볼 생각 없니? 내가 잘 아는 사람이 있는데 말야, 나랑 같이 가면 재워 주고 먹여 주고 일도 하게 해 줄 거야. 어때, 날 따라올 테야?”

“그게 정말이야? 그렇다면 나를 거기에 꼭 데려다 줘. 부탁이야.”

올리버는 오갈 데도 없는 낯선 도시에서 뜻밖의 친절을 받자, 고마운 마음이 들었습니다. 도킨스를 따라가니 다 쓰러져 가는 창고 같은 건물이 나왔습니다. 그 집 앞에 서 있으니까 늙은 유대인 영감이 창문을 열고 냅다 소리를 지르는 것이었습니다.

“야, 도킨스! 왜 이렇게 시끄러운 거야!”

도킨스는 올리버를 데리고 위층으로 올라갔습니다.

“페이긴, 제가 데리고 온 아이예요.”

“그래, 잘 왔다. 우리 함께 식사하면서 천천히 이야기를 하자꾸나."

마침 식사 준비를 하고 있던 페이긴은 친절하게 올리버의 손을 잡아끌어 식탁에 앉혔습니다.

"맛있게 잘 먹었습니다!"

오랜만에 음식을 배불리 먹고 나자 올리버는 기분이 좋아졌습니다. 그제야 올리버는 주위를 두리번두리번 살펴보았습니다. 벽과 천장에 까맣게 손때가 묻어 있어 상당히 오래된 집처럼 보였습니다. 그 집에는 다른 소년들도 있었는데, 모두 해진 옷을 입고 있었고, 주위에는 낡고 찢어진 옷가지와 이불들이 아무렇게나 펼쳐져 있었습니다.

이상한 생각이 들었지만 배가 부르니 노곤해져서 올리버는 잠이 들고 말았습니다. 한참 자고 있는데 누군가 방문을 열고 들어오는 것이었습니다. 올리버는 잠에서 깨어났지만 그냥 두 눈을 감고 있었습니다.

"히히, 이제 아름다운 내 보물을 좀 살펴볼까? 빛나는 다이아몬드만큼 날 행복하게 해 주는 것은 없거든. 이 쪼그만 녀석이 아주 기특하단 말이야."

페이긴은 반짝이는 다이아몬드를 조심스럽게 들고는 신이 나서 말했습니다.

'이상하다. 이렇게 낡은 집에 저런 값비싼 보석이 있다니!'

올리버가 이상하다고 생각하고 있을 때, 갑자기 페이긴이 고개를 획 돌려 올리버를 노려보았습니다. 그의 눈빛은 세상에서 가장 비열한 악마처럼 싸늘했습니다. 순간 올리버는 온몸이 뱀처럼 차가워지는 것만 같았습니다.

"이 녀석! 너 방금 무얼 보았지? 죽기 싫으면 어서 바른대로 대답해!"

"제가 보려고 해서 본 건 아니에요. 전 그냥 잠에서 깨어 눈을 떴을 뿐인데······."

올리버는 잔뜩 겁을 먹고서는 떨리는 목소리로 말했습니다.

페이긴은 반짝이는 다이아몬드를 조심스럽게 상자에 넣었습니다.

"이건 말이야, 나를 지켜 주는 내 전 재산이다. 내가 나중에 늙어서 일을 하지 못할 때 쓰려고 모아 둔 것이란다. 사람들은 나를 보고 구두쇠라고도 하지만, 나는 그렇게 생각하지 않아."

"할아버지! 제가 생각하기에도 할아버지는 구두쇠인 것 같아요. 그렇게 값비싼 보석을 가지고 계시면서도 낡고 더러운 집에서 사시잖아요."

"그러냐? 하하하······."

순진한 올리버의 대답에 페이긴은 웃음을 터뜨렸습니다.

조금 뒤에 잭 도킨스와 여러 명의 아이들이 우르르 집으로 몰려들어왔습니다.

"그래, 오늘은 실수 없이 잘들 했겠지? 무엇을 벌어 왔지?"

페이긴의 말에 잭 도킨스는 자랑스럽게 지갑 두 개를 내밀었습니다. 그러자 페이긴은 지갑을 열고는 지폐를 세어 보았습니다.

"음, 돈은 별로 없군. 그래도 이 지갑은 꽤 쓸 만해 보이는구나. 잘했다. 찰리는 뭘 벌어 왔는지 이리 내 봐라."

"저는 손수건을 가져왔어요."

"그래, 이건 아주 비싸 보이는 고급품이로구나. 오늘은 아주 잘했다. 하하하!"

페이긴은 아이들이 가져온 물건들을 잘 챙겨 두고는 올리버의 얼굴을 찬찬히 살펴보았습니다.

"얘, 올리버야! 너도 이런 재주를 배워 일을 해 보고 싶지 않니? 값비싼 물건을 벌어 오는 일 말이다."

"네, 저도 다른 아이들과 함께 일하고 싶어요."

올리버는 두 눈을 깜빡거리며 대답했습니다.

"그래, 좋다. 그렇다면 내일부터 찰리와 도킨스가 네게 일을

가르쳐 줄 테니 열심히 배우도록 해라."

아침 식사를 마치고 나서, 페이긴은 찰리와 도킨스를 데리고 신기한 놀이를 시작했습니다.

페이긴이 자신의 호주머니에다가 담뱃갑을 집어넣고, 돈지갑도 집어넣었습니다. 조끼 주머니에는 회중 시계를 걸어 두었습니다. 또 저고리 단추에는 가짜 다이아몬드 핀을 찔러 두고 코트 안주머니 속에는 손수건을 넣었습니다. 그리고 페이긴은 가게 안을 구경하는 듯한 자세로 방 안 여기저기를 둘러보았습니다.

그 광경을 지켜보던 올리버는 페이긴의 우스꽝스러운 연기에 터져 나오려는 웃음을 억지로 참았습니다.

조금 뒤, 도킨스와 찰리가 페이긴 옆에 바짝 달라붙었습니다. 그리고 페이긴이 다른 곳을 쳐다보는 순간 주머니에 들어 있는 물건을 바람처럼 날쌔게 빼냈습니다. 아이들의 솜씨가 어찌나 날쌔고 뛰어난지 페이긴마저 눈치를 채지 못할 정도였습니다.

"와, 정말 대단하다! 어쩜 저렇게 빠를 수가 있을까?"

올리버는 입을 벌리고 신기한 광경을 구경했습니다.

그때 또다른 사람이 페이긴의 집을 찾아왔습니다. 그들은 낸시와 베티라는 아가씨였습니다. 아가씨들은 진한 화장을 하고 있어서 본래의 모습은 알 수 없었습니다. 하지만 그들의 태도로 보아 올리버는 마음씨 착한 누나들이라고 생각했습니다. 신기하고 날쌘 놀이는 계속되었습니다.

아이들은 날마다 새벽이면 거리로 나갔다가 일을 끝내고 집으로 돌아와서 숨겨 놓은 물건을 찾는 놀이를 다시 계속 했습니다. 그리고 깜깜한 밤이 되면 페이긴이 나누어 주는 용돈을 들고 거리로 나가 놀다 들어왔습니다.

"자, 올리버! 너도 나랑 재미있는 놀이 한번 해 볼 테냐?"

"어떻게 하는 건데요? 저도 주머니 속에 숨겨 둔 물건을 감쪽같이 꺼내면 되는 건가요?"

"그렇지. 처음에는 잘하지 못해도 자꾸 하다 보면 점점 날쌔게 물건을 꺼낼 수 있게 된단다. 아주 신나는 놀이지."

"그럼 저도 한번 해 볼래요."

올리버는 페이긴과 함께 신기한 놀이를 했습니다. 처음 해 본 놀이였지만, 순식간에 주머니 속의 물건을 꺼낼 수 있었습니다.

"오호, 녀석! 너 제법이로구나! 조금만 더 연습하면 아주 잘하겠는걸."

페이긴의 칭찬에 기분이 좋아진 올리버는 놀이를 계속 했습니다. 그렇게 올리버가 신기한 놀이에 열중하고 있는 사이 금세 시간이 흘렀습니다.

저녁이 되자, 도킨스와 찰리가 들어왔습니다. 하지만 그날은 손에 아무것도 들지 않고 빈손으로 돌아왔습니다.

"아니, 이 녀석들이……! 일은 열심히 하지 않고 도대체 뭐하다 돌아온 거야? 제대로 일하지 않았으니 오늘 저녁밥은 꿈도 꾸지 마라!"

페이긴은 화를 버럭 내며 가파른 계단에서 소년들을 밀쳤습니다.

어느 날, 올리버는 혼자 집을 지키는 것도 심심하고 점점 미안한 마음도 들어 페이긴한테 말했습니다.

"저기, 할아버지! 저도 이제 일을 할래요. 저도 일하게 해 주세요."

"그래? 네가 그렇게 원한다면, 어디 한번 해 보거라. 찰리, 도킨스! 내일은 올리버도 데리고 나가거라."

그렇게 해서 올리버는 찰리와 도킨스를 따라 일을 배우러 거리로 나가게 되었습니다.

경찰에 잡히다

처음 거리에 나온 올리버는 신기해서 여기저기 두리번거리
느라 정신이 없었습니다.

"우리 언제부터 일을 시작하는 거야?"

올리버가 물어보았지만, 찰리와 도킨스는 대답을 하지 않고
땅만 보고 터덜터덜 걸었습니다. 그러던 중 도킨스가 눈을 번
쩍거리며 옆에 있는 올리버의 어깨를 툭 쳤습니다.

"저기, 저 영감 어때? 저 늙은이를 우리의 표적으로 삼자."

"그래, 비싼 옷을 입은 것을 보니 주머니가 두둑하겠는걸."

도킨스와 찰리는 서로 쑥덕거리더니 그 할아버지 쪽으로 발
걸음을 옮겼습니다.

"좋아! 오늘 사냥감은 저 영감으로 결정했다!"

영문을 몰라 어리둥절하고 있는 올리버를 두고 두 소년은 할아버지 곁으로 바짝 다가섰습니다.

올리버가 할아버지를 보니 멋쟁이 신사였습니다. 비싸 보이는 금테 안경을 끼고, 검은색과 짙은 초록색이 어우러진 외투 속에 눈부시게 하얀 바지를 입고 있었습니다. 인자한 얼굴에 멋있게 옷을 차려입은 할아버지는 지팡이를 손에 들고 책방에서 책을 고르고 있었습니다.

"어디, 이 책을 좀 읽어 볼까?"

할아버지는 책을 고르느라 누가 옆에 왔는지도 몰랐습니다.

도킨스는 바람처럼 달려가서 재빠르게 할아버지의 호주머니 속에 들어 있던 지갑을 꺼내 찰스에게 던져 주었습니다. 그러고는 마치 아무 일도 없었던 것처럼 잠자코 길을 걷다가 모퉁이를 돌아서자마자 냅다 달리기 시작했습니다.

올리버는 신기한 놀이가 바로 물건을 훔치는 소매치기라는 것을 알고는 무척이나 놀랐습니다.

'그렇다면 페이긴의 집에 있는 값비싼 물건들이 모두 훔친 것이란 말야? 나는 그것도 모르고 지금까지 재미삼아 소매치기 놀이를 하고 있었구나.'

올리버는 망치로 머리를 얻어맞은 것처럼 충격을 받았습니다. 하지만 거리에 그대로 서 있을 수가 없어서 자신도 모르게 함께 도망을 치기 시작했습니다.

"앗! 도둑이야! 저 도둑 잡아라!"

늙은 신사가 자기 지갑이 없어진 것을 금방 알아차렸나 봅니다. 도킨스와 찰리는 저 멀리 골목 안까지 도망을 갔습니다. 올리버는 헉헉거리며 뒤처져서 달리고 있었습니다.

"저기 앞에 가는 소매치기 잡아라! 저 도둑놈들 잡아라!"

할아버지가 연신 외쳐 대자 사람들이 몰려들었습니다. 길가에서 장사를 하는 사람들도 소매치기를 잡으려고 모두 달려들었습니다.

올리버는 있는 힘껏 내달렸습니다. 다리가 후들후들 떨려도 계속 앞만 보고 달렸습니다. 하지만 뒤에서 쫓아오는 사람들과 거리가 점점 더 가까워졌습니다.

"이 녀석, 잡았다!"

힘이 센 아저씨가 올리버의 목덜미를 확 잡아당겼습니다. 올리버는 발이 걸려 흙과 먼지가 뒤덮인 땅바닥에 뒹굴었습니다. 입에서는 붉은 피가 흘러나왔습니다.

뒤이어 늙은 신사가 달려왔습니다. 마지막으로 경찰도 현장에 도착했습니다.

"이 생쥐 같은 도둑놈아! 어서 경찰서로 가자! 너 같은 녀석
은 경찰서에 가서 혼이 나야 해!"

"경찰 아저씨, 저는 훔치지 않았어요. 제발 믿어 주세요. 다
른 아이들이 훔쳤단 말이에요. 정말이에요."

올리버가 울면서 사정했지만, 경찰은 눈도 깜짝하지 않고 올
리버의 옷을 거칠게 잡아당겼습니다. 올리버의 낡은 옷이 금
세 찢어졌습니다.

"조용히 해! 너 같은 거짓말쟁이를 내가 한두 번 본 줄 알
아?"

경찰은 더 큰 소리로 윽박지르면서 울고 있는 올리버를 거칠
게 다루었습니다.

"여보시오, 아무리 경찰이라지만 너무 심한 거 아니오? 아직
도둑이라고 밝혀진 것도 아닌데 어린아이한테 그렇게 겁을 주
면 되겠소?"

옆에서 늙은 신사가 다가와 오히려 올리버를 걱정했습니다.

"아닙니다. 요즘 이런 꼬마 녀석들이 얼마나 교활한지 아세
요? 처음부터 강하게 다루지 않으면 거짓말만 늘어놓는다니까
요. 자, 이 녀석! 당장 경찰서로 가자!"

　결국 올리버는 경찰서로 끌려갔습니다. 지갑을 도둑맞은 늙은 신사도 함께 따라갔습니다.

　한편 도킨스와 찰리는 소란스러운 틈을 타 무사히 도망을 갈 수 있었습니다.

　경찰서에 도착하자, 올리버는 너무 겁이 나서 울먹이며 말했습니다.

　"경찰 아저씨, 제발 제 말 좀 믿어 주세요. 저는 정말로 할아버지의 지갑을 훔치지 않았어요. 옆에 서 있었을 뿐이에요."

"남의 물건을 훔치면 그 벌로 3개월 동안 힘든 일을 해야 하는 거 알지? 그런 줄 알고 있어!"

올리버는 경찰의 고함 소리에 놀라 그만 경찰서 안에서 기절을 하고 말았습니다.

"내버려 둬, 알아서 일어날 테니! 저 녀석, 지금 거짓으로 연기를 하고 있는 게 틀림없거든. 아주 맹랑한 아이란 말야."

기절한 올리버를 옆에서 지켜보던 늙은 신사 브라운로는 어딘지 모르게 낯익은 모습에 고개를 갸우뚱거렸습니다. 하지만 한참을 생각해도 어디에서 보았는지 전혀 기억이 떠오르지 않았습니다.

이때 한 사내가 경찰서 안으로 뛰어들어왔습니다.

"안녕하세요? 혹시 소매치기범으로 잡혀 온 소년이 여기에 있나요?"

"네, 그렇습니다만……."

사내는 숨을 몰아쉬더니 말을 이어 나갔습니다.

"저 아이는 범인이 아니에요. 제가 두 눈으로 똑똑히 봤거든요. 저는 사건이 일어난 책방의 주인이에요. 가게 안에 있는데, 어떤 두 소년이 손님 곁으로 바짝 다가가서는 지갑을 몰래 훔치지 않겠어요? 저기 있는 소년은 밖에서 서성이고만 있더라고요. 그러니 지금 경찰서에 앉아 있는 저 소년은 도둑이 아니에요."

책방 주인의 말에 경찰서장은 난감해했습니다.

"아니, 그렇다면 왜 빨리 와서 사실을 알리지 않았나요? 괜한 사람을 잡아 두지 않았습니까?"

"아, 그게 말이에요. 직원들이 모두 소매치기를 잡는다고 거리로 나갔기 때문에 가게를 비울 수가 없었거든요."

올리버 트위스트는 그때까지 경찰서 소파에 쓰러져 있었습니다. 경찰관은 소파로 다가가 올리버를 번쩍 안아 들고는 마당으로 나갔습니다. 그러고는 올리버에게 찬물을 한 바가지 끼얹으며 말했습니다.

"이제 넌 여기서 나가도 좋아. 하지만 다음부터 의심스러운 행동은 하지 않도록 해라. 알았지?"

느닷없이 찬물 세례를 받은 올리버는 으스스 떨면서 서 있었습니다. 이 모습을 보고 늙은 신사 브라운로는 안타까운 마음이 들었습니다.

"얘야, 이렇게 덜덜 떨고 있다가는 감기에 걸리겠다. 나와 함께 우리 집으로 가서 몸부터 좀 녹이자꾸나."

브라운로는 올리버를 자신의 집으로 데리고 갔습니다. 그런데 올리버가 많이 놀라고 지쳤나 봅니다. 깨끗하고 편안한 브라운로의 집에 도착하자마자 그만 쓰러져 잠이 들었습니다.

"그동안 고생을 많이 했나 보구나. 이렇게 몸도 마르고 약한 것을 보면 말이야."

올리버는 누운 채로 며칠을 끙끙 앓았습니다.

늙은 신사는 가정부 베드윈 부인과 함께 올리버를 정성스레 보살펴 주었습니다.

마침내 올리버가 자리에서 일어났습니다.

"아주머니, 여기가 어디예요?"

"이제 정신이 좀 드니? 여기는 브라운로 씨 집이야. 너는 여기에 와서 계속 아팠단다. 애야, 따뜻한 차라도 한 잔 주련?"

베드윈 부인은 올리버에게 따뜻한 차를 가져다 주었습니다.

"어서 건강을 회복해야지. 그런데 부모님은 안 계시니?"

올리버는 부모님 소리가 나오자 금세 시무룩해졌습니다.

"아버지는 누군지 모르겠고요, 어머니는 저를 낳다가 돌아가셨대요. 그래서 계속 보육원에서 자랐어요. 저도 어머니가 살아 계셨으면 좋겠어요. 그럼 날마다 어머니와 이야기도 할 수 있을 텐데……."

"오, 아가! 천국에서 어머니가 너를 항상 지켜보고 계실 거야. 그러니 걱정하지 말아라."

"그렇죠? 아주머니, 어머니는 천국에 잘 계시겠죠? 사실 아파서 앓을 때면 꿈속에 어머니가 나타나요. 아주 고운 얼굴로 저를 인자하게 바라보시거든요."

베드윈 부인은 어린 올리버가 안쓰러워서 맛있는 과일과 과자를 잔뜩 가져다 주었습니다.

다시 며칠이 지났습니다. 올리버는 베드윈 부인이 만들어 주는 영양가 있는 음식을 먹고는 몸이 점차 튼튼해졌습니다.

어느 날, 올리버가 벽에 걸려 있는 초상화를 보고 베드윈 부인에게 물었습니다.

"아주머니! 그림 속에 있는 저 여인은 누구예요? 정말 천사처럼 예쁘네요. 그런데 왠지 저를 바라보는 눈동자가 무척 슬퍼 보여요."

"글쎄다. 나도 그림 속의 주인공이 누구인지는 모르겠는걸."

베드윈 부인은 그림에 관심을 보이는 올리버를 신기한 듯이 쳐다보았습니다.

"아주머니, 전 기분이 이상해요. 저 그림을 보면 꼭 살아 있는 사람 같다는 생각이 들어요. 그리고 저를 쳐다보는 눈빛이 슬퍼서 가슴이 아파요."

이때 문을 열고 늙은 신사 브라운로가 들어왔습니다.

"올리버, 이제 몸은 괜찮아졌니?"

"네, 할아버지. 저를 이렇게 보살펴 주셔서 정말 감사합니다. 맛있는 음식도 많이 먹고 푹 쉬었더니 이제 건강해졌어요."

"그래도 아직 멀었어. 몸이 완전히 회복될 때까진 조심해야 한다는 것 잊지 말아라. 알았지?"

"네."

올리버는 감사의 눈빛으로 따뜻하고 인자한 브라운로를 쳐다보았습니다. 브라운로도 귀여운 올리버를 보고 흐뭇한 미소를 지었습니다.

그런데 브라운로는 올리버의 얼굴을 어디선가 본 것 같다는 생각을 지울 수가 없었습니다. 고개를 갸우뚱거리다가 벽에 걸려 있는 그림을 쳐다보게 되었습니다.

"알았다! 드디어 이유를 찾았어! 바로 저 그림이었어! 경찰서에서도 낯이 익다고 생각했는데, 바로 그림 속의 여인을 닮아서 그랬구나!"

정말로 그림 속의 여인과 올리버의 모습은 똑같이 닮아 있었습니다. 머리카락 색깔과 입술 모양과 눈매가 유난히 닮아서 놀

라울 지경이었답니다. 브라운로가 갑작스레 크게 소리를 지르는
바람에 올리버는 그 자리에서 또 기절을 하고 말았습니다.

"어머, 그렇게 갑자기 소리를 지르시면 어떡해요? 올리버가
기절을 했잖아요."

베드윈 부인은 올리버를 안아 침대로 옮겼습니다.

그리고 걱정스러운 얼굴로 간호를 했습니다.

"부인! 저 그림을 좀 봐요. 누워 있는 올리버와 똑같이 닮지
않았나요?"

브라운로는 부인의 팔을 잡고 흔들며 물어보았습니다.

"글쎄요. 얼핏 보면 닮긴 닮았는데……. 지금 그게 문제가 아니잖아요? 지금은 올리버가 건강을 되찾는 게 제일 큰일이라고요. 그러니 브라운로 씨는 잠시 나가 계세요. 제가 올리버 곁에서 간호를 할 테니까요."

브라운로는 올리버와 베드윈 부인을 두고 방을 나갔습니다.

다음 날이었습니다. 브라운로는 초상화를 떼어서 감추어 두었습니다.

"아주머니, 저기 걸려 있던 그림 어디 갔어요? 그 그림이 퍽 맘에 들었는데……."

"그 그림이 아무래도 네게 슬픔을 주는 것 같아 떼어 났단다. 네가 건강해지면 그때 다시 걸어 둘 테니 걱정하지 마라."

그러면서 베드윈 부인은 올리버의 기분을 풀어 줄 재미있는 이야기를 술술 풀어 냈습니다.

날이 갈수록 올리버는 행복했습니다. 브라운로가 사다 준 새 옷과 새 신발을 신고는 무척 기뻐했습니다. 처음으로 갖게 되는 자신의 물건이 무척이나 소중하게 느껴졌습니다. 깨끗하고 고급스러운 옷을 입은 올리버는 어떤 부잣집 도련님보다 말쑥해서 마치 귀공자처럼 보였습니다.

어느 날, 올리버 트위스트는 우연히 브라운로의 서재 문을 열어 보게 되었습니다.

"와! 책이 정말 많네. 천장까지 빽빽이 쌓여 있잖아!"

놀란 표정을 짓고 있는 올리버 곁으로 다가온 브라운로가 다정하게 말을 건넸습니다.

"이렇게 많은 책은 처음 보니? 책을 읽으면 커서 훌륭한 사람이 될 수 있단다. 그러니 너도 읽고 싶은 책이 있으면 여기서 가져다 읽으렴."

"와, 여기 있는 책을 읽어도 된다고요? 아이, 좋아라! 내일부터 당장 읽을래요."

"하하하! 그러려무나. 읽고 싶은 책들을 골라서 차근차근 읽어 보렴."

올리버는 내일부터 책을 꼭 읽어야겠다고 다짐했습니다. 그러다가 이런 행복과 평화가 깨지면 어찌 될까 하는 두려움이 밀려왔습니다.

"저, 할아버지! 태어나서 이렇게 행복했던 적이 없어요. 그러니 제발 저를 이 집에서 쫓아 내지만 말아 주세요. 제가 할아버지 말씀도 잘 듣고 착한 사람이 될게요."

올리버의 간곡한 부탁에 브라운로는 마음이 아팠습니다.

"올리버야! 그런 걱정은 하지 말거라. 너를 이곳에서 쫓아낼 생각은 없단다. 그 대신 나를 실망시키지 말아 다오."

"네, 할아버지. 정말 감사합니다. 앞으로 다시는 나쁜 짓을 하지 않겠어요. 약속할게요."

"그럼, 그동안 네가 어떻게 살아왔는지 차근차근 이야기해 주지 않을래? 이제부터 우리는 한 가족이니까 서로의 아픔을 감싸안아야 한단다."

올리버는 말없이 눈물을 흘렸습니다. 지나간 일들을 떠올리니, 배고프고 구박받던 기억이 떠올라서 괴로웠습니다. 그리고 브라운로에게 모두 이야기하겠다고 마음을 먹었습니다.

"저……."

"딩동! 딩동!"

막 입을 떼려는 순간, 손님이 찾아왔습니다.

"그림 위그 씨가 주인님을 뵙고 싶어하세요."

하녀의 말이 끝나기도 전에 어떤 할아버지가 성큼성큼 걸어 들어왔습니다. 한쪽 다리를 절뚝거렸으며, 빛깔이 화려한 옷을 입고 있었습니다.

"여봐! 여봐! 집 앞에 오렌지 껍질이 떨어져 있더군. 내가 이 걸 봤기에 다행이지 또 다른 사람이 사고를 당할 뻔했잖아! 도대체 집 안 청소를 하긴 하는 거야?"

브라운로의 친한 친구인 그림 위그는 계속 투덜거렸습니다. 하지만 브라운로는 한두 번 불평을 듣는 게 아니어서 그런지 빙그레 웃고만 있었습니다.

"허허! 자네 그렇게 웃기만 할 텐가? 지난번에 내가 오렌지 껍질을 밟아 미끄러져서 다리를 다친 걸 알면서도 그래? 참, 그런데 저 아이는 누구야?"

"내가 말했었지. 이제부터 우리 집에 머무를 아이야. 올리버! 이리 와서 할아버지께 인사드려라!"

"안녕하세요, 할아버지? 올리버 트위스트라고 합니다."

올리버는 부끄러웠는지 볼이 빨개졌습니다.

"아무래도 아이가 있는 것은 안 좋겠지? 자네가 거친 말을 너무 많이 하니까 말이야, 하하하! 애야, 밖에 나가서 맛있는 음식을 준비해 달라고 하렴."

브라운로가 올리버에게 일렀습니다.

올리버는 할아버지들끼리 이야기를 나누시도록 조용히 문을 열고 밖으로 나왔습니다.

악당들이 숨어 있는 곳

한편 늙은 신사의 물건을 훔치던 날, 도킨스와 찰리는 페이긴의 집으로 돌아가며 걱정스럽게 중얼거렸습니다.

"이제 어떡하지? 올리버 녀석이 잡혀 들어간 것을 알면 페이긴이 가만히 있지 않을 텐데 말야."

"그러게 말야. 아마 펄펄 뛸 거야. 우리를 흠씬 때릴지도 모르고……."

"할 수 없지, 뭐. 에잇, 이게 다 그 멍청한 올리버 자식 때문이라니깐!"

도킨스와 찰리는 몹시 걱정이 되는지 서로 말을 주고받았습니다. 하지만 어찌 해 볼 방법이 없어 그저 무거운 발걸음만 옮겼습니다.

"그래, 오늘은 어땠냐? 수입이 짭짤하겠지?"

페이긴은 도킨스와 찰리를 보자마자 물어보았지만, 두 소년은 아무 말 없이 고개를 떨구었습니다. 가만히 보니 한 녀석이 눈에 띄지 않았습니다. 페이긴은 눈을 무섭게 부라리며 소리를 질러 댔습니다.

"아니, 어떻게 된 거야? 왜 너희 둘뿐이야? 나머지 한 녀석은 어디를 갔기에 보이지 않는 거야?"

화가 난 페이긴은 펄쩍펄쩍 뛰어다니며 소리를 질렀습니다.

"당장 사실대로 말하지 않으면 가만두지 않을 테다. 도대체 어떻게 된 일이냐? 어서 바른대로 말하거라!"

"소매치기를 하다가 그만 올리버가 경찰에 붙잡혔어요. 아마 지금쯤 경찰서에 있을 거예요."

도킨스가 입을 열었습니다.

페이긴은 화가 나서 도킨스의 몸을 힘껏 조르며 웃옷을 붙잡고 늘어졌습니다. 그러자 도킨스도 화가 치밀어올랐습니다. 도킨스는 포크를 집어 들고는 페이긴의 가슴 한복판을 힘껏 찔렀습니다.

하지만 늙었어도 몸이 날렵한 페이긴은 재빠르게 피해 버렸습니다. 대신 쇠로 만든 커다란 양동이를 들고는 도킨스의 머리를 마구 때리기 시작했습니다.

"너 이 녀석! 어디 한번 혼 좀 나 봐라!"

"쾅! 쾅! 쾅!"

"으윽, 제발 놔 줘요! 숨이 막혀 죽겠다고요, 헉헉!"

페이긴과 도킨스는 한참을 그렇게 한 덩어리로 엉켜 싸웠습니다. 그러다 페이긴은 도킨스를 힘껏 밀쳐 버리고는 옆에 있던 맥주병을 움켜쥐었습니다. 그러더니 갑자기 문 쪽을 향해 맥주병을 던졌습니다. 맥주병은 엉뚱한 사람의 어깨 위로 떨어졌습니다.

"어떤 놈이야? 누가 감히 나한테 병을 던지는 거야?"

매서운 얼굴의 사내가 방 안으로 들어왔습니다.

"환영 인사치고는 기분이 몹시 나쁜걸! 아니, 도대체 왜 맥주병을 던져 대는 거야? 이런, 옷을 다 버렸잖아."

사나이는 껄렁껄렁하게 말을 했습니다. 거무튀튀한 얼굴에 찌그러진 눈, 까칠까칠한 수염으로 군데군데 뒤덮인 얼굴은 그 사나이를 더 사납게 보이게 했습니다.

"그건 그렇고. 저 꼬마 녀석은 왜 괴롭히고 있는 거야?"

"남의 일에 참견하지 마. 혼날 짓을 했으니까 내가 이러는 거 아니겠어. 어린 놈들이 말을 듣지 않을 때는 매가 최고니까."

페이긴은 구겨진 옷을 툭툭 털면서 말했습니다.

"그래도 이 녀석들은 착한가 보네. 나 같으면 벌써 페이긴 너를 죽여서 바닷속에 처넣었을 텐데, 흐흐흐."

"쓸데없는 소리 그만 해!"

페이긴이 험상궂은 얼굴로 빌 사이크스를 노려보았습니다.

"자, 시시한 이야기는 그만 하고, 술이나 한잔하세."

빌 사이크스의 말에, 페이긴은 술병을 꺼내 왔습니다. 하지만 화는 여전히 풀리지 않았습니다.

"이봐, 자네. 이제 우리 둘은 큰일 난 거라고. 내가 새로운 꼬마 녀석한테 일을 시켰는데 말야. 일을 나가자마자 경찰한테 잡혀 버렸어. 젠장, 우리의 정체를 경찰에 알리면 어쩌지?"

페이긴의 말에 빌 사이크스도 심각한 얼굴이 되었습니다.

"그렇다면 정말 큰일이로군. 그 녀석이 경찰서에서 쓸데없는 소리를 한 마디라도 지껄이는 날엔 자네는 죽은 목숨이야. 물론 나도 마찬가지고 말야."

페이긴과 빌 사이크스는 심각한 표정만 지을 뿐 한동안 아무 말도 하지 않았습니다. 둘 사이에 무거운 공기가 흘렀습니다.

"이봐, 이대로 가만히 있을 순 없지 않나! 호랑이를 잡으려면 호랑이굴로 들어가야 하는 법! 사람을 경찰서로 보내서 일이 어떻게 돌아가고 있는지 알아보자고!"

"너무 위험하지 않을까?"

"하지만 별 수 없잖아. 이대로 앉아서 벌벌 떠는 것보다는 직접 알아보는 게 낫다니까!"

페이긴과 빌 사이크스는 한참 이야기를 나누더니 사이크스의 주장대로 경찰서에 사람을 보내기로 했습니다. 곰곰이 생각한 끝에, 낸시와 베티를 보내기로 결정했습니다.

"가서 낸시와 베티를 데리고 와라."

얼마 뒤, 낸시와 베티가 페이긴의 집으로 왔습니다.

"경찰서에 가서 올리버가 어떻게 되었는지 알아보고 와야겠다. 그리고 우리의 정체가 들통났는지도 자세히 알아보거라."

"저는 안 돼요. 저번에 경찰서에 가서 조사를 받았기 때문에 경찰관들이 제 얼굴을 다 안단 말이에요."

베티가 고개를 저으며 말했습니다.

"그래? 그렇다면 낸시 혼자 가야 되겠군그래."

"저도 싫어요. 경찰서 앞에만 가도 괜히 다리가 후들후들 떨리는데, 경찰서 안에 어떻게 들어가란 말예요? 전 못 해요."

"뭐라고! 못 한다고? 못 하는 게 어디 있어? 시치미 뚝 떼고 들어갔다 나오기만 하면 되는데! 잔말 말고 어서 갔다 와!"

빌 사이크스가 소리를 지르자, 낸시도 더 이상 불평을 하지 못했습니다. 빌 사이크스는 낸시에게 하얀색 앞치마와 커다란 모자를 주었습니다.

"이걸 입고 가서 착한 누나처럼 행세해라. 올리버 누나인데 올리버를 만나러 왔다고 하면 감쪽같을 거야."

낸시는 옷을 갈아입었습니다. 짙은 화장을 지우고 얌전해 보이는 하얀색 앞치마를 입자, 영락없이 시골 처녀 같았습니다.

"나 어때요? 이 정도면 올리버 누나처럼 보이겠어요?"

낸시는 모자까지 쓰고서 한 바퀴 빙그르르 돌았습니다. 그러고는 밖으로 나갔습니다.

낸시는 경찰서 앞에 도착했습니다.

'휴, 어쩔 수 없지. 손수건은 준비했으니까 어디 한번 들어가 보자.'

낸시는 잠시 서서 마음을 다잡고는 힘차게 경찰서 문을 열고 안으로 들어섰습니다.

"어떻게 오셨습니까?"

경찰관이 물어보자마자 낸시는 울음부터 터뜨렸습니다.

"흐흐흑! 혹시 여기에 제 착한 동생이 있나요? 저는 올리버의 누나랍니다. 올리버가 없어진 지 한참 지났는데 소식을 들을 수가 없어서요. 경찰관님, 제발 제 동생 좀 찾아주세요."

울고 있는 낸시에게 경찰관은 손수건을 건네주었습니다. 그리고 그동안 있었던 일을 자세히 들려주었습니다.

"네, 잘 알았습니다. 그러니까 올리버는 죄가 없음이 밝혀져서 경찰서를 나갔군요. 그리고 브라운로라는 사람이 데려간 거군요. 흑흑! 이제 곧 동생을 찾을 수 있겠네요. 정말 감사합니다."

낸시의 연기는 배우처럼 훌륭했습니다. 그래서 경찰관도 깜빡 속아 넘어갔습니다.

감쪽같이 일을 끝낸 낸시는 다시 페이긴의 집으로 돌아와 자신이 알아 낸 이야기를 들려주었습니다.

　"껄껄껄. 잘했다, 낸시! 역시 그동안 내가 너를 가르친 보람이 있구나. 그럼 사이크스와 나는 다른 곳에 가서 잠시 숨어 지내야겠어. 당분간 피해 있으면 곧 잠잠해지겠지. 그리고 낸시 너는 브라운로라는 사람의 집을 알아보아라. 내가 다시 연락할 테니 말야."

　"네, 알겠어요."

　페이긴과 빌 사이크스는 짐을 챙겨서 집을 나갔습니다.

　두 사람은 어두컴컴한 골목길에 몸을 숨기더니 어느새 사라져 버렸습니다.

　그날부터 낸시는 거리로 나가서 브라운로라는 늙은 신사의 집을 찾기 시작했습니다. 여기저기 찾아다닌 끝에 마침내 브라운로의 집을 알아 냈습니다.

　"오! 이렇게 으리으리한 집에 산단 말이지. 이 집만 잘 지켜보고 있으면 올리버를 찾는 것은 어렵지 않겠군."

　낸시는 머릿속에 위치를 잘 기억해 둔 다음, 집으로 돌아갔습니다. 그리고 다음 날부터 도킨스와 찰리는 그 집 앞에서 올리버가 나오기만을 기다리며 보초를 섰습니다.

낸시의 속임수

한편 브라운로의 집에서는 오랜만에 만난 브라운로와 그림 위그가 그동안 나누지 못했던 이야기를 하고 있었습니다. 그때 브라운로는 올리버 트위스트에 대한 자랑을 끊임없이 늘어 놓았습니다.

"자네가 보기에는 어떤가? 굉장히 귀엽고 사랑스럽지 않나? 나는 올리버의 착한 눈망울을 볼 때마다 기분이 좋아진다네."

"글쎄, 어린아이 얼굴이 다 그렇지 않나?"

그림 위그도 역시 올리버가 귀엽다고는 생각했지만, 브라운로의 말에 맞장구를 치자니 왠지 심술이 났습니다. 왜냐하면 브라운로와 그림 위그는 어렸을 적부터 둘도 없이 친한 친구이자 서로 경쟁자였기 때문입니다.

그때 베드윈 부인이 서재로 들어왔습니다.

"지난번에 주문하신 책이 배달되어 왔어요."

"그래요? 잠시만 기다리라고 해요. 내가 책값을 가지고 곧 나갈 테니까 말이오."

"벌써 갔을 텐데요. 책만 주고 나가더라고요."

"아니, 돈을 줘서 보내야 하는데……. 이번 책은 꼭 현금으로 주겠다고 약속을 했거든."

브라운로는 이맛살을 찌푸렸습니다.

지난번 소매치기 범인으로 몰린 올리버를 책방 주인이 구해 주었기 때문에, 브라운로는 그 일이 있은 뒤부터 책방 주인에게 고마운 마음을 갚으려고 그곳에서 책을 주문하고 있었습니다.

"이거 참 곤란하게 되었네. 장사가 잘되는 책방도 아니라서 제때 꼭 책값을 지불해야 하는데 말야, 쯧쯧!"

"그럼 올리버한테 심부름을 시키세요. 올리버도 책방 주인의 얼굴을 아니까 그렇게 어렵지는 않을 거 아녜요?"

베드윈 부인이 올리버를 가리키며 말했습니다.

"그게 좋겠군! 우리 착한 올리버라면 그런 심부름 정도는 잘 해낼 수 있을 거요! 한번 시켜 봅시다."

브라운로는 올리버에게 심부름을 시켜서 잘 해내는 모습을 보고 싶었습니다. 그러면 괜히 트집을 잡는 그림 위그도 더 이상 아무 말도 못 할 것이라는 생각이 들었답니다.

그래서 밖에 있는 올리버를 불렀습니다.

"얘야, 시장 근처에 있는 책방 기억나지? 내가 거기에 책값을 미처 주지 못했구나. 그러니 네가 책값을 갖다 주고 오너라. 거스름돈 조심해서 가져오는 것도 잊지 말고."

"네, 알겠어요. 걱정 마세요. 조심해서 얼른 다녀올게요."

올리버는 돈을 받아 들고는 밖으로 나갔습니다.

"흥! 저 꼬마가 돌아올까? 좋은 옷을 해 입히고, 손에 돈까지 쥐여 줬는데 거리로 나가 제 친구들을 찾아갈지 누가 아나? 자네는 착해서 지나치게 사람을 잘 믿는 게 탈일세."

그림 위그가 다시 심술궂게 말했습니다.

"아닐세. 난 올리버를 보는 순간 나를 속일 아이가 아니라는 걸 확신했어. 두고 보게나. 올리버는 틀림없이 30분 내로 잔돈을 들고 돌아올 걸세."

두 사람은 서재에 걸린 시계를 바라보며 올리버가 돌아오기를 기다렸습니다.

한편, 시장으로 간 올리버는 책방을 향해 씩씩하게 발걸음을 옮겼습니다.

'아, 브라운로 할아버지는 정말 좋은 분이셔! 헐벗고 굶주린 나를 데려다 맛있는 음식과 좋은 옷도 주시고. 이제는 나를 믿고 심부름까지 시키시는 걸 보면 말야. 무사히 책값을 전해서 할아버지를 기쁘게 해 드려야지.'

그때였습니다. 별안간 등 뒤에서 누군가 달려와서는 올리버를 꽉 껴안는 것이었습니다.

"올리버야! 너 내 동생 올리버 맞니? 이 누나가 너를 찾아 얼마나 헤매다녔는지 알아? 그래도 여기서 이렇게 너를 만나다니 정말 다행이구나."

처음 보는 여자가 올리버를 붙잡고 호들갑을 떨었습니다.

"누, 누구세요? 저는 처음 보는 분인데, 저를 아시나요? 이거 놓고 말씀하세요!"

올리버는 자신을 붙잡고 있는 여자의 팔을 뿌리치면서 겁에 질려 소리쳤습니다.

"이 녀석아! 이제 누나 속 좀 그만 썩이고 함께 집에 가자꾸나. 네가 집을 나간 뒤로는 제대로 잠을 잔 적이 없어!"

"제발 그만하세요. 도대체 저를 언제 봤다고 이러시는 거예요?"

올리버와 그 여자가 있는 곳으로 사람들이 하나둘 몰려들기 시작했습니다. 시장에 있던 사람들은 마치 불구경이라도 하듯 몰려와서 두 사람의 대화를 엿들었습니다.

"아줌마, 아저씨들! 제 말 좀 들어보세요. 가출했던 제 동생을 길에서 찾았는데, 이 녀석이 시치미를 떼고 저를 모른다고 하니 제가 얼마나 답답하겠어요. 저 좀 도와주세요! 불쌍한 동생이 집으로 돌아갈 수 있게 도와주세요."

동생을 찾아 나선 누나가 눈물까지 글썽이는 모습을 보자, 모여든 사람들은 혀를 끌끌 차며 한 마디씩 거들었습니다.

"이 녀석 좀 보게나. 집에서 걱정하고 계신 부모님 생각은 안 하니? 너 때문에 얼마나 속이 까맣게 타셨겠니?"

"그러게 말야. 괜히 길거리에서 떠돌아다니지 말고 어서 집으로 돌아가도록 해라!"

올리버는 억울하고 답답해서 미쳐 버릴 것만 같았습니다.

"아니에요! 아니라고요! 저는 누나가 없어요. 지금 여기에서 처음 본 사람이에요. 저는 어서 책방에 가야 해요. 저를 놓아주세요!"

이때 사납게 생긴 사내가 올리버의 팔을 거칠게 잡아챘습니다.

"너 아주 고약한 아이로구나. 누나가 저렇게 사정하는데 이

제 고집 그만 부리고 집에 돌아가야지!"

  윽박지르는 그 사내는 바로 빌 사이크스였습니다. 올리버를 붙잡으려고 구경꾼들 틈에 숨어서 구경꾼 행세를 하고 있었던 것입니다. 올리버는 사나운 빌 사이크스의 얼굴을 보자 자신이 함정에 빠졌다는 것을 깨달았습니다. 하지만 이미 두 팔이 잡힌 상태여서 꼼짝도 할 수가 없었습니다.

  "이 사람들이 저를 납치하려는 거예요! 누가 경찰서에 연락 좀 해주세요, 네!"

  올리버가 울면서 구경꾼에게 소리쳤지만, 아무도 귀담아듣지 않았습니다.

  "이제는 집에 들어가지 않으려고 거짓말까지 하는구먼. 아가씨, 동생 데리고 어서 집으로 가요!"

  구름처럼 몰려들었던 사람들이 뿔뿔이 흩어졌습니다.

  "이 자식, 얌전히 따라오라고! 찍소리라도 내는 날엔 죽을 줄 알아!"

  빌 사이크스는 올리버의 옆구리를 쿡쿡 찌르며 골목으로 데려갔습니다. 어두운 밤이라 골목에는 사람들이 없었습니다.

악마의 유혹

올리버는 무작정 끌려갈 수밖에 없었습니다. 그런데 그들이 거미줄이 쳐진 낡은 문 앞에 멈추었습니다. 문에는 못들이 잔뜩 박혀 있어서 사람이 살고 있는 것처럼 보이지 않았습니다.

빌 사이크스는 구석에 숨겨 놓은 줄을 세게 잡아당겼습니다.

"누구세요?"

문 틈으로 조그만 목소리가 들렸습니다.

"빌 사이크스다. 어서 문 열어!"

암호를 확인하자 다른 곳에서 문이 열렸습니다.

"따라 들어와! 넌 이제 도망칠 수 없으니 그만 포기해라."

올리버는 골방 안으로 끌려갔습니다. 그곳에 있던 도킨스와 찰리가 올리버에게 다가와 빈정거리기 시작했습니다.

"어이! 오랜만이야! 그동안 잘 지내셨나 봐? 얼굴에 포동포동 살이 쪘는데?"

"그러게 말이야. 이렇게 멋진 옷을 번지르르하게 입고 있으니 정말 부잣집 도련님처럼 보이는걸."

도킨스와 찰리는 올리버의 옷을 강제로 벗겼습니다. 그리고 주머니를 뒤져 돈도 꺼냈습니다.

"이게 뭐야? 돈이잖아. 우아, 횡재했네!"

하지만 빌 사이크스가 얼른 돈을 빼앗았습니다.

"무슨 소리? 내가 이 녀석을 잡았으니까 이 돈도 당연히 내 거라고. 불만 없겠지?"

옷과 돈을 빼앗긴 올리버는 그 자리에 주저앉았습니다. 그리고 두 손으로 싹싹 빌었습니다.

"제발 돌려보내 주세요. 저를 보살펴 주신 브라운로 할아버지가 집에서 기다리고 계신단 말예요. 아무 말도 없이 이렇게 소식이 끊긴다면 저를 도둑으로 오해할 거예요. 그러니 제발 돌려보내 주세요."

"그것 참 잘되었구나. 너를 도둑놈으로 여긴다면 널 찾으려 하지도 않을 테니 말이다, 하하하!"

남의 불행을 기쁨으로 여기는 페이긴은 징그러운 얼굴로 웃음을 터뜨렸습니다.

올리버 트위스트는 뱀처럼 잔인한 페이긴의 모습에 그만 질려 버렸습니다. 그리고 이곳에서 빨리 도망쳐야 한다고 생각했습니다. 그래서 조심스럽게 주위를 살피면서 기회를 엿보았습니다.

"사람 살려요! 누구 없어요? 누가 저 좀 도와주세요!"

올리버가 문을 박차고 나가면서 외쳤습니다.

"빨리 가서 잡아 와!"

페이긴과 도킨스가 도망가는 올리버를 잡으러 뛰어갔습니다. 찰리도 재빨리 달려나갔습니다. 그리고 골목으로 도망가는 올리버를 쫓아갔습니다.

"너 거기 안 서! 내 손에 잡히면 가만두지 않을 테다!"

그들 사이의 거리가 점점 좁혀졌습니다.

"휴, 잡았다! 감히 네 녀석이 도망을 쳐! 정신차리게 혼을 내 줘야지 안 되겠군!"

올리버의 목을 세게 움켜쥔 페이긴이 몽둥이를 가져왔습니다. 그러고는 인정사정없이 두들겨 팼습니다. 올리버는 아픔에 몸을 떨며 계속 소리를 질렀지만, 잔인한 페이긴은 못 들은 척 몽둥이질을 멈추지 않았습니다.

"이런 녀석은 혼을 내야 해! 기껏 잡아 왔더니 또 도망을 쳐? 이제 다시는 도망갈 수 없다는 것을 깨닫게 해 주마."

페이긴이 다시 몽둥이를 공중에 높이 치켜들었습니다. 이때 뜻밖의 일이 벌어졌습니다. 옆에서 매맞는 올리버를 안쓰러운 표정으로 지켜보던 낸시가 페이긴의 손에서 몽둥이를 빼앗아 난로 속으로 던져 버렸던 것입니다.

"너, 이게 뭐 하는 짓이야! 너도 혼나고 싶어?"

"너무하시는 거 아니에요? 아직 어린아이라고요. 잘살고 있는 아이를 데려왔으면 이렇게 괴롭히지는 말아야지요. 몽둥이로 그렇게 때리다간 죽을지도 몰라요!"

낸시는 그만 큰 소리로 울부짖었습니다.

"어쭈, 네가 언제부터 그렇게 착한 여자였지? 평소에 하던 행동하고는 전혀 딴판인데그래? 갑자기 착한 행동을 하니 내가 당황스러워서 말이야. 하지만 계속 주제넘게 나서면 재미없을 줄 알아!"

"다 내 잘못이야, 내 잘못이라고! 괜히 내가 저 아이를 여기로 데려와서 이런 고생을 시키네. 차라리 내가 모른 척했더라면 얼마나 좋았을까? 어렸을 적부터 나쁜 짓을 해 온 나처럼 저 아이도 악마의 소굴로 들어왔으니 어쩜 좋아. 흐흐흑!"

냔시는 감정이 북받쳐 소리내어 울었습니다. 그런 냔시를 바라보며 페이긴은 당황해서 이렇게 말했습니다.

"냔시, 진정하거라. 생각해 보면 나쁜 일만 있었던 건 아니잖아. 춥고 배고픈 너에게 따뜻한 잠자리와 맛있는 음식을 마련해 준 나를 생각해 봐. 안 그래?"

"당신은 정말 나쁜 사람이에요! 따뜻한 잠자리와 맛있는 음식이라고요? 나한테 해 준 건 온갖 나쁜 짓과 욕설과 폭력뿐인데, 그런 말이 나와요? 당신을 저주해요, 저주한다고요!"

"이런 고약한 계집애가 있나? 이대로 오냐오냐해서는 안 되겠는걸. 너도 한번 몽둥이맛 좀 봐라!"

냔시를 달래던 페이긴은 지쳤는지, 갑자기 고함을 지르면서 다른 몽둥이를 찾아 들었습니다. 그리고 냔시 곁으로 가서 몇 대 때리고는 머리카락을 움켜쥐고 벽으로 밀쳐 버렸습니다.

"쿵!"

벽에 세게 부딪친 냔시는 그대로 기절을 하고 말았습니다. 그러나 방 안에 있던 사람들은 아무 일도 없었다는 듯 태연하게 행동했습니다. 오직 올리버만이 너무 놀라서 하얗게 질려 있을 뿐, 다른 사람들은 모두 천연덕스러웠습니다.

"올리버에게 허름한 옷을 입혀라!"

페이긴이 도킨스와 찰리에게 명령했습니다.

슬픔과 절망에 빠진 올리버는 이불을 머리끝까지 덮어 쓰고 누웠습니다. 눈물을 흘리며 가만히 누워 있으니 온몸이 쑤셔 왔습니다. 밖에서 자물쇠로 문을 잠그는 소리가 들렸습니다.

"브라운로 할아버지가 얼마나 걱정하실까? 베드윈 부인도 나를 찾고 있겠지? 여기서 도망치고 싶어! 따뜻한 집으로 돌아가고 싶단 말야, 흐흐흑!"

올리버는 울다가 지쳐 잠이 들었습니다. 밤새 악몽에 시달리느라 몸은 더 지쳤습니다.

다음 날 날이 밝자 페이긴이 올리버를 찾아왔습니다.

"잘 잤니? 지금은 네가 나를 미워하겠지만 나중에는 오히려 고마워할 거다. 이 험난한 세상을 씩씩하게 살아 나가려면 우리처럼 사는 게 도움이 되거든."

페이긴은 계속 말했습니다.

"그리고 너도 기억하지? 네가 처음 이곳에 도착했을 때 거지가 따로 없었지. 하지만 내가 너에게 먹을 것도 주고, 침대도 주고, 친구도 소개시켜 주지 않았니? 설마 그런 은혜를 벌써 잊은 건 아니겠지?"

페이긴은 올리버를 살살 꼬드겼습니다.

그 뒤 올리버는 한 달 동안이나 방 안에 갇혀 있었습니다.
올리버가 도망칠까 봐 페이긴이 가끔 와서 들여다볼 뿐 문은
언제나 자물쇠로 굳게 잠겨 있었습니다. 올리버는 지붕에 뚫
려 있는 손바닥만 한 구멍으로 파란 하늘을 바라보며 위안을
받았습니다.

그러던 어느 날이었습니다. 잭 도킨스와 찰스가 올리버를 만
나러 왔습니다. 오랜만에 사람 얼굴을 구경하게 되자 올리버
는 신이 났습니다.

"야, 올리버! 그동안 따분했지? 정말 힘들었겠다. 너 여기 계속 틀어박혀 있을 거니? 그러지 말고 너도 우리와 함께 거리에서 일해 보는 게 어때? 다시 생각 좀 해 보라고."

"싫어! 난 절대로 너희들처럼 남의 물건이나 훔치며 살진 않을 거야!"

올리버는 단호하게 말했습니다. 하지만 도킨스와 찰리는 지치지 않고 올리버를 괴롭혔습니다. 거기다 방금 교도소에서 나온 톰이라는 곰보 소년도 거들었습니다. 올리버도 처음에 다짐했던 것과는 달리 자꾸만 마음이 흔들렸습니다.

"야, 그러지 말고 함께 가자! 너 지금 우리와 함께 나가지 않으면 다시 며칠 동안 햇볕 구경도 못할걸. 고집피우지 말고 함께 나가자!"

갈팡질팡하던 올리버는 도킨스와 찰리를 따라 거리로 나갔습니다. 다시 소매치기 일에 끼어들게 되었던 것입니다.

페이긴은 올리버가 소매치기 일을 시작했다는 소식을 전해 듣고 마음이 놓였습니다. 그래서 오래전부터 계획했던 일을 진행하기로 했습니다. 그것은 템스 강가에 있는 부잣집에 몰래 숨어 들어가 귀중품들을 훔쳐 오려는 계획이었습니다. 그는 혼자 힘으로는 할 수 없어 빌 사이크스에게 의논을 했습니다. 하지만 어찌 된 일인지 2주일이 넘도록 빌 사이크스에게서 연락이 없었습니다. 페이긴은 마음이 조급해졌습니다.

"그거 참 이상하네. 빌 사이크스가 나를 속이고 혼자서 부잣집을 털려는 건 아닐까? 처음에 그 집에 눈독을 들인 건 난데 말야. 뭐 그렇다고 가만히 앉아서 당할 내가 아니지."

페이긴은 한걸음에 빌 사이크스의 집으로 달려갔습니다. 커다란 개 한 마리가 집을 지키고 있었고, 그곳에서 낸시가 머물고 있었습니다. 페이긴은 지난번 사건 이후 낸시와 처음 얼굴을 마주치는 것이었습니다. 페이긴은 낸시를 보기가 조금 미안했지만 오히려 낸시는 아무렇지 않은 것 같았습니다.

"왜 연락을 하지 않은 거야? 내가 걱정할 줄 몰랐나?"

"그 일은 걱정하지 말게나. 그렇지 않아도 연락하려고 했어. 그런데 경비가 너무 심해서 말야. 하인들을 우리 편으로 만들려고 했는데 그게 마음같이 잘 안 되는 거야. 20년 동안 그 집에서 일했다는 노파는 돈을 많이 준다고 해도 눈 하나 깜짝 않더라고."

페이긴의 물음에 빌 사이크스가 이렇게 대답했습니다.

"사람을 이용하기는 다 틀렸군그래. 그렇다면 몰래 담을 넘어 들어가는 수밖에."

"하지만 그것도 쉽지가 않아. 문단속을 아주 철저하게 하거든. 작은 구멍을 하나 발견하긴 했는데, 그 구멍도 너무 작아서 어떻게 해 볼 도리가 없고……."

빌 사이크스의 말에 페이긴이 잠깐 생각하다가 무릎을 탁 쳤습니다.

"그래! 올리버를 이용하면 되잖아! 몸집이 작은 그 아이라면 작은 구멍도 어렵지 않게 통과할 수 있을 거야."

페이긴의 말에 빌 사이크스도 동의했습니다.

다음 날 아침, 페이긴은 올리버를 찾아가 새 구두를 선물했습니다. 그러고는 올리버에게 빌 사이크스의 집에 가야 한다고 말했습니다.

"꼭 그 집에 가야 해요? 저는 그 집에서 그와 같이 사는 건 싫어요!"

올리버는 가기 싫다고 버텼지만 아무 소용이 없는 일이었습니다. 오히려 그럴수록 페이긴은 큰 소리로 올리버를 다그칠 뿐이었습니다.

그리고 조금 뒤 낸시가 찾아왔습니다.

"올리버, 나와 함께 가자. 나도 너를 데리고 가는 게 싫지만

어쩔 수 없구나. 너를 도와주고 싶지만 지금은 그럴 수가 없으니 조용히 시키는 대로 하는 게 너를 위해서도 좋아."

"네, 알았어요. 누나!"

올리버는 낸시가 속마음은 착하다는 것을 깨달은 뒤부터 낸시의 말을 믿었습니다. 그래서 낸시를 따라 빌 사이크스의 집으로 갔습니다.

"야, 인마! 왔냐? 너 이게 뭔 줄 알아?"

빌 사이크스가 올리버 머리 뒤로 차가운 것을 겨누었습니다. 그것은 총이었습니다. 빌 사이크스는 철커덕 하고 총알을 넣고는 올리버에게 겁을 주었습니다.

"이게 무슨 소리인 줄은 너도 잘 알겠지? 만에 하나 허튼수작이라도 부리는 날에는 이 총알이 네 머리통을 날려 버릴 거야. 알았어?"

"네……."

올리버는 겁에 질려 대답했습니다.

다음 날 새벽이 되었습니다. 빌 사이크스는 올리버를 데리고 거리로 나갔습니다.

범죄 여행

어두운 골목에 비가 축축하게 내렸습니다. 길바닥에 빗물만 흥건히 고여 있을 뿐, 이른 새벽이라 그런지 골목 안에는 사람들의 그림자도 보이지 않았습니다.

올리버는 빌 사이크스를 따라 골목 사이사이로 들어갔습니다. 개미집처럼 구불구불한 길이었으므로 그를 놓치지 않으려고 애를 썼습니다.

시간이 흐르자, 하나둘 사람들의 모습이 나타났습니다. 가게 문을 여는 사람도 보였고, 우유를 실은 마차를 끌고 가는 사람도 보였습니다.

"곧장 가는 길이라면 저희 좀 태워 주십시오."

빌 사이크스는 길을 떠나는 짐마차 주인에게 달려가 공손히 말을 건넸습니다. 그리고 허락이 떨어지자 올리버를 데리고 짐마차에 올라탔습니다.

마차는 덜컹덜컹 거리를 벗어나 시골길을 달렸습니다. 다섯 시간을 더 달려서야 어느 다리 앞에 멈추어 섰습니다.

두 사람은 어두컴컴한 곳에서 내렸습니다. 앞에는 개울물이 흐르고 있었습니다.

올리버는 아무도 없는 곳에 빌 사이크스와 둘만 남게 되자 너무 무서워서 주머니 속에 넣은 손에 힘을 주었습니다.

빌 사이크스는 다 쓰러져 가는 낡은 집 문 앞에 섰습니다. 그리고 주위를 두리번거리더니 소리쳤습니다.

"나야! 나! 어서 불 좀 켜고 문 열어!"

그러자 어둠 속에서 어떤 사내가 문을 열어 주었습니다.

빌 사이크스와 올리버는 안으로 들어갔습니다.

방은 몹시 눅눅했습니다. 곰팡이가 잔뜩 끼어 있었고, 이상한 냄새도 났습니다.

"이 녀석은 뭐예요?"

"페이긴이 데리고 다니는 아이들 중에 제일 꼬마야. 며칠 동안 우리와 함께 일할 거야."

이름 모를 사내의 물음에 빌 사이크스가 대답했습니다.

빌 사이크스가 하는 말을 가만히 들으니, 그 사내의 이름은 토비였습니다.

올리버는 빌 사이크스를 따라 낯선 곳으로 오느라 긴장을 했던 탓인지 그만 졸음이 쏟아졌습니다.

"일어나! 지금 서둘러 나가야 해!"

토비가 잠에 빠진 올리버를 흔들어 깨웠습니다.

그러고 보니 빌 사이크스와 토비는 주머니에 총을 숨기고는 밖으로 나갈 준비를 마친 상태였습니다.

새벽 안개에 비가 섞여서 스산한 날씨였습니다. 올리버의 얼굴에 빗물이 튀었습니다. 올리버는 잔뜩 찡그린 얼굴로 토비와 빌 사이크스를 따라갔습니다.

먼저 토비가 흙담 위로 기어 올라갔습니다. 이어서 올리버 트위스트를 들어올렸습니다. 그리고 계속 걸었습니다.

'아, 이렇게 바보 같을 수가! 아무 말 없이 따라왔는데 바로 도둑질을 하러 여기까지 온 거로구나! 바보같이 또다시 속아 넘어가다니…….'

올리버 트위스트는 그제야 도둑질을 하러 그 먼 길을 달려왔다는 것을 깨달았습니다. 무릎이 덜덜 떨리고 온몸에 힘이 빠졌습니다. 그래서 그 자리에 주저앉고 말았습니다.

"아저씨, 제발 저를 놓아주세요. 이렇게 두 손 모아 부탁드
려요. 또다시 도둑질을 할 수 없어요. 다시는 나쁜 짓을 하지
않겠다고 약속했단 말이에요. 그러니 제발 저를 놓아주세요!
저를 놓아주신다면 그 은혜는 죽을 때까지 잊지 않을게요."

올리버는 빗속에서 울면서 매달렸습니다.

"귀찮게시리! 입 닥치지 못해!"

하지만 빌 사이크스는 화가 잔뜩 나서 올리버를 한 대 치고
는 올리버에게 권총을 겨누었습니다. 화가 난 빌 사이크스를
토비가 간신히 말렸습니다.

"빌, 일을 망치고 싶어서 그래요? 여기서 총소리가 나면 우
린 모두 끝장이라고요. 그리고 올리버! 너 다시 한 번 시시껄
렁한 소리 입밖에 냈다가는 나한테 죽을 줄 알아라. 이번 일만
끝나면 좀 쉬게 해 줄 테니까 잔말 말고 일이나 잘해!"

토비는 두 사람에게 주의를 주고 다시 걸어갔습니다.

"저따위 어린 녀석한테 이런 일을 맡기다니……, 페이긴 녀
석도 형편 없군그래!"

빌 사이크스는 투덜거리면서 집 주위에 있는 널빤지를 떼어
냈습니다.

도둑질을 하려고 눈독을 들인 집에는 어른 키보다 조금 높은 곳에 창이 하나 있었습니다. 그 창은 아주 작아서 어른들은 빠져나갈 수 없었습니다. 그래서 주인도 그리 신경을 쓰지 않는 눈치였습니다.

하지만 빌 사이크스는 이곳을 눈여겨보고는 창에 구멍을 뚫어 올리버를 집 안으로 들여보내려는 것이었습니다.

"올리버, 잘 들어라! 정신 바짝 차리고 명심하도록 해! 내가 이 구멍으로 너를 집 안에 넣어 주면 너는 안에 가서 촛불을 켜고 계단으로 올라가는 거야. 계단 끝까지 올라가 조그만 복도를 지나면 현관문이 보일 거야. 현관문의 빗장을 푸는 건 어렵지 않을 거야. 침착하게 하는 거 잊지 말고. 어때, 이 정도는 할 수 있겠지?"

올리버는 겁에 질려 아무 말도 못 하고 벌벌 떨기만 했습니다.

총에 맞은 올리버

토비는 창문 밑에서 허리를 구부려 두 손으로 무릎을 잡고 있었습니다. 그러자 빌 사이크스가 토비의 등 위에 올리버를 올려 주었습니다. 이제 올리버가 펄쩍 뛰어서 창문 안으로 들어가기만 하면 일은 계획대로 잘 되어 가는 것이었습니다.

"아까 내가 일러 준 거 잊으면 안 된다. 알겠지? 이상한 소리를 내거나 계획대로 하지 않으면 내가 너의 등 뒤에서 총을 쏠 테니 시키는 대로 해야 해!"

"네."

겁에 질린 올리버는 시키는 대로 하겠다고 대답했습니다.

"자, 조심해서 발을 내려놓거라. 아무 소리도 내지 말고 곧장 가서 현관문을 여는 거다, 알았지?"

올리버는 덜덜덜 떨면서 발을 내디뎠습니다. 자신도 모르게 온몸이 부들부들 떨려서 어쩔 줄을 몰랐습니다.

게다가 총구멍이 등 뒤에서 자신을 노려보고 있다는 생각이 들자 더욱 떨렸습니다.

'도둑질을 하는 것보다 차라리 저 총에 맞아 죽는 편이 나을 것 같아. 그럼 다시는 이런 악의 소굴에 빠지지 않겠지. 그렇다면 현관문을 열어 주기 전에 집 안에 있는 사람들을 깨워야겠다.'

올리버는 현관문 쪽이 아니라 계단 쪽으로 조심스럽게 내려왔습니다. 벌벌 떨면서도 조용히 발걸음을 옮기고 있었습니다. 이때 등 뒤에서 낮지만 날카로운 목소리가 들려왔습니다.

"올리버! 너 도대체 뭐 하는 짓이야! 당장 돌아오지 못해"

하지만 올리버는 못 들은 척하고 걸음을 옮겼습니다.

오히려 더 빨리 걸어 올라갔습니다.

"피웅!"

올리버에게 총을 겨누고 있던 빌 사이크스가 참지 못하고 방아쇠를 당겼습니다.

"으아악!"

올리버는 순식간에 온몸으로 퍼지는 통증에 비명을 지르며 쓰러졌습니다.

"누구냐! 도대체 어떤 놈의 목소리냐?"

총소리가 나자 위층에서 사람들이 웅성거리는 소리가 들리고, 방마다 불이 켜지기 시작했습니다. 그리고 사내 두 명이 내려와 아이들을 챙겼습니다.

빌 사이크스는 창문을 부수고 들어가 사내에게 총을 쏘았습니다.

"타앙!"

그런 다음 피를 흘리고 있는 올리버를 안았습니다.

"이런 젠장! 피를 많이 흘리잖아!"

빌 사이크스는 피에 젖은 올리버를 들쳐업고 간신히 밖으로 빠져나왔습니다.

"삐용! 삐용! 삐용!"

비상벨 소리가 요란하게 울렸습니다. 방에서 뛰쳐나온 사람들이 도둑을 잡으려고 집 안을 구석구석 뒤지고 다녔습니다.

빌 사이크스는 올리버를 업고 있는 힘을 다해 뛰었습니다. 하지만 정신을 잃고 축 늘어져 있는 올리버를 업고 도망가는 것은 쉽지 않았습니다.

"토비! 도저히 안 되겠어. 올리버를 데리고 가다가는 사람들 한테 붙잡히고 말겠어."

"그럼 올리버를 여기다 버리고 갑시다. 갈팡질팡하다간 우리 모두 붙잡힌다고요. 차라리 여기다 내려놓고 도망갑시다!"

말을 마치자마자 토비가 냅다 달리기 시작했습니다.

빌 사이크스도 별 도리가 없었습니다. 그는 움푹 패인 도랑 에 올리버를 내려놓고 자신의 옷으로 덮은 다음 토비 뒤를 따 라 도망쳤습니다.

집 안에 있던 사람들이 하나둘 밖으로 나와 도둑들을 쫓기 시작했습니다. 하지만 사람들은 도랑에 버려진 올리버를 발견

하지 못했습니다. 팔에 상처를 입고 피를 흘린 올리버는 차가운 도랑에서 서서히 정신을 잃어 가고 있었답니다.

'끙, 여기서 이렇게 죽을 수는 없어. 일어나서 걸어 보자.'

올리버는 간신히 몸을 일으켜 길을 따라 걸었습니다. 비에 젖어 진흙 구덩이가 된 땅에 발이 푹푹 빠졌습니다.

힘이 더 들었지만, 죽을힘을 다해 걸었습니다. 하지만 점점 눈앞이 뿌애지고 다리에서 힘이 빠져 비틀거렸습니다.

올리버는 마지막 힘을 짜내 아까 자신이 창문으로 몰래 들어갔던 집 현관문을 두드리고는 쓰러지고 말았습니다.

"잠깐, 혹시 문 두드리는 소리 못 들었어? 어, 이상하네. 이 시간에 누구지?"

위층에서 수런거리던 하인이 현관으로 나왔습니다. 문을 열자 어떤 꼬마가 피를 흘리며 쓰러져 있는 것이 보였습니다.

"아니, 이게 웬일이야! 어서 사람들을 불러! 도둑놈들 중 한 명이 틀림없어!"

"마님! 마님! 어서 나와 보세요. 제가 도둑을 잡았어요!"

하인이 호들갑을 떨었습니다.

주인은 급히 나와 보더니 경찰에 연락을 했습니다.

로스번의 위기 극복

그 집 주인은 성품이 온화하고 고운 메일리 부인이었습니다. 메일리 부인에게는 로즈라는 수양딸이 있었는데, 매우 아름답고 우아했습니다. 로즈는 열일곱 살 정도 되었답니다.

메일리 부인과 로즈는 쓰러져 있는 꼬마 도둑을 보고 괘씸한 생각보다는 안타까운 마음이 먼저 들었습니다.

"어머니! 아까 도둑이 들어 떠들썩했잖아요. 이 꼬마도 그중 한 명이었대요. 착하게 생겼는데 어쩌다 도둑이 되었을까요?"

"그러게 말이다. 무슨 사연이 있어서 이 아이가 나쁜 사람들과 어울리게 되었는지 모르겠구나."

두 사람이 누워 있는 올리버를 보고 한참 걱정을 하고 있는데, 주치의인 로스번이 달려왔습니다.

"메일리 부인, 그리고 로즈 양! 어디 다친 데는 없습니까? 댁에서 큰 소동이 일어났다는 소식을 듣고 이렇게 달려왔어요. 정말이지 큰일 날 뻔했습니다. 별일 없었다니 그래도 불행 중 다행입니다."

로스번은 허겁지겁 달려와서는 위로의 인사를 했습니다.

그는 자기를 데리러 온 하인에게서 이미 그 집에서 벌어진 일을 다 전해 들은 뒤였습니다.

"다친 아이가 있어요. 선생님께서 그 아이를 치료해 주셨으면 좋겠어요. 열 살 정도밖에 안 된 아이랍니다."

메일리 부인을 따라 로스번이 2층으로 올라갔습니다. 그리고 올리버의 몸을 자세히 살펴보았습니다.

"괜찮겠습니까?"

"네, 부인. 다행히 총알이 스쳤어요. 이리 와 보십시오."

메일리 부인은 천천히 침대로 다가왔습니다. 어린아이였지만 도둑질을 하려고 했기 때문에 겁이 났던 것입니다.

"이렇게 천사 같은 얼굴로 도둑질을 하려고 했다니 정말 믿기지가 않아요, 선생님."

잠든 올리버의 얼굴을 본 메일리 부인이 말했습니다. 로즈도

아이를 찬찬히 뜯어보고는 안타까워하며 말했습니다.

"이 얼굴 좀 보세요. 절대로 나쁜 아이가 아닐 거예요. 다만 어려서부터 굶주린데다 나쁜 사람들 꾐에 빠져서 어쩔 수 없이 도둑질을 하게 되었을 거예요. 저는 이런 아이를 감옥에 보낼 수 없어요. 생각만 해도 너무 가슴이 아픈걸요."

"로즈 양, 천사같이 고운 얼굴 뒤에 사악한 마음이 숨어 있을 수도 있어요. 그러니 섣불리 판단하지 마세요."

로즈의 말에 로스번이 대답했습니다.

"아니에요. 우리 어머니도 부모 없는 저를 데려다가 이렇게 훌륭하게 길러 주셨잖아요. 저도 어머니처럼 지극한 사랑을 주는 사람이 없었다면 나쁜 길로 빠져서 지금쯤 거리를 헤매고 다닐지도 몰라요. 어머니, 저는 이 아이를 구하고 싶어요. 저를 도와주세요."

"로즈, 마음씨가 정말 곱구나. 나도 이 아이의 얼굴을 보니 보살펴 주고 싶다는 생각이 들었단다. 우리 천천히 생각해 보자. 아마 로스번 선생님도 우리를 도와주실 거야."

메일리 부인은 로스번을 쳐다보았습니다. 로즈도 간절한 눈빛으로 로스번을 바라보았습니다. 그러자 로스번도 고개를 끄덕이며 올리버를 도와주겠다고 약속했습니다.

"하인들의 입은 제가 단속하겠습니다. 제가 어떻게든 해 볼 테니 걱정하지 마세요."

로스번의 말에 메일리 부인과 로즈는 마음을 놓았습니다.

"그럼, 저흰 선생님만 믿겠어요."

"네, 우선 아이가 깨어나면 그동안 어떻게 살아왔는지 들어 보는 게 좋을 것 같아요. 아이의 이야기를 듣고 나서 천천히 생각해 봅시다."

메일리 부인과 로즈는 말없이 고개를 끄덕이며 의자에 앉았습니다. 그러고는 올리버가 깨어나기만을 기다렸습니다.

날이 어둑어둑해질 무렵, 그제야 올리버가 간신히 눈을 떴습니다. 메일리 부인은 올리버에게 살아온 이야기를 들려 달라고 말했습니다.

"우선 저를 이렇게 살려 주셔서 감사합니다. 차가운 길바닥에서 죽는 줄 알았거든요. 그리고… 전 부모님 얼굴도 몰라요. 보육원에서 자랐거든요. 지금 생각해도 아주 끔찍한 생활이었지요. 그러다 탈출을 해서 런던으로 왔는데, 그만 나쁜 무리를 만나서 이렇게 되고 말았어요. 그 사람들은 저에게……."

올리버는 자신이 살아온 이야기를 다 털어놓았습니다. 피를 많이 흘려서 기운이 없었기 때문에 중간중간 쉬면서도 끝까지

이야기했습니다. 자신의 과거를 다 털어놓자 오히려 시원한 기분마저 들었습니다.

로즈는 올리버의 안타까운 사연을 들으며 손수건으로 눈물을 닦아 냈습니다. 메일리 부인의 눈에도 눈물이 그렁그렁 고였습니다.

로스번은 이야기를 다 듣고 아래층으로 내려갔습니다.

"의사 선생님! 어떻게 됐습니까? 제가 잡은 꼬마 도둑이 설마 죽은 건 아니겠지요?"

하인이 자랑스러운 얼굴로 물었습니다. 그러자 로스번이 시치미를 뚝 떼고 말했습니다

"대체 무슨 소리를 하는 거야? 내 눈을 보고 똑똑히 말해 보게! 법정에서도 확실히 말할 수 있도록 말야. 2층에 누워 있는 아이가 이 집에 침입한 도둑이라는 증거가 있나? 확신이 있느냐는 말일세! 어서 대답해 보게!"

갑작스런 질문에 하인은 아무 말도 하지 못했습니다. 그러자 로스번은 옆에 서 있는 순진한 경찰관에게도 말했습니다.

"사실 어젯밤 이 집에 도둑이 들기는 했습니다. 창문을 깨고 들어왔는데, 너무 순식간에 벌어진 일이라 어린아이인지 어른인지도 잘 모르겠습니다. 하지만 분명한 건 도둑이 들어온 순

간 식구들이 모두 잠에서 깨어 도둑들을 잡으러 나갔는데 잡을 수가 없었다는 것입니다. 그리고 날이 밝자, 지치고 지친 어린아이가 집으로 찾아와서는 도움을 청했습니다. 그래서 지금 2층에 누워 있지요. 하지만 경찰관님! 저 아이가 도둑이라고 단정지을 수 있습니까? 만일 아무 죄도 없다면 우리는 큰 잘못을 저지르는 것 아닐까요?"

"네, 그렇죠. 죄 없는 사람에게 죄를 뒤집어씌우는 것이 오히려 더 큰 죄지요."

경찰관은 로스번이 예상한 대로 척척 대답했습니다.

"그럼 하인에게 다시 한 번 묻겠습니다. 이봐, 경찰관님 앞에서 다시 대답해 보라고. 저 아이가 어젯밤 이 집에 들어온 도둑인가?"

"그, 글쎄요. 잘 모르겠어요. 워낙 깜깜한 밤이어서……."

하인은 겁에 질려 대충 얼버무렸습니다.

로스번은 자신이 바라는 대로 일이 잘 진행되자 자신감이 붙었습니다. 그래서 더 엄하게 하인을 꾸짖고 야단쳤습니다.

"딩동! 딩동!"

그때 초인종이 울렸습니다.

"도대체 누구야?"

"제가 사람을 시켜 런던 경찰서에 소식을 전했습니다. 아마 런던에서 온 수사관일 거예요."

"이런 생각 없는 녀석! 네 할 일이나 잘할 것이지, 공연히 쓸데없는 짓을 해서 이렇게 여러 사람을 괴롭혀?"

갑자기 런던 수사관들이 찾아오자 로스번은 당황했습니다. 순진한 시골 경찰관은 자기가 적당히 따돌릴 수 있었지만, 런던에서 온 전문 수사관 둘을 자신의 뜻대로 움직일 수 있을지 걱정이 되었기 때문입니다.

'이를 어쩌지? 이 사람들은 보통내기가 아닐 텐데 말야! 하늘에 맡겨야겠다.'

로스번은 걱정스러운 마음으로 밖으로 나가 보았습니다.

수사관들은 먼저 집 앞에 남아 있는 발자국부터 조사했습니다. 한두 번 해 본 솜씨가 아닌 듯 익숙한 몸놀림이었습니다.

이런 모습을 메일리 부인과 로즈가 초조하게 지켜보고 있었습니다. 로스번이 안으로 들어가 메일리 부인에게 속삭이듯 말했습니다.

"꼭 필요한 물건이 있어요. 바로 술입니다. 이 집에서 가장 귀하고 독한 술로 준비해 주십시오."

로스번은 이렇게 부탁하고는 다시 정원으로 나갔습니다.

"안녕하세요? 추운데 고생이 많으십니다. 무슨 단서라도 찾으셨나요?"

"아직 단서는 찾지 못했지만 짐작 가는 것은 있습니다."

로스번의 말에 수사관이 대답했습니다.

"이런 사건들은 대개 수법이 뻔합니다. 몇 명이 패거리를 지어서 한 소년을 창문으로 밀어넣지요. 런던에서도 유명한 나쁜 패거리들의 소행이 틀림없습니다. 아, 그리고 이 집에 있다는 소년을 좀 만나고 싶은데요."

"아, 뭘 그렇게 서두르십니까? 우선 이것 한 모금 마시고 몸부터 좀 녹이세요."

로스번이 내미는 잔을 보고 수사관들은 아주 값비싼 술이라는 것을 알아차렸습니다. 그들은 갑자기 부드러운 태도를 취하면서 술잔을 받았습니다.

때마침 로즈가 맛있는 음식을 가지고 오자, 수사관들은 점점 더 기분이 좋아졌습니다.

그러는 사이 시간은 흘러 어느새 밤이 되었습니다. 수사관들은 그제야 올리버가 누워 있는 방으로 갔습니다.

"이 아이는 근처에 사는 친척이에요. 자주 여기 와서 지내는데, 장난감 총으로 새를 잡다가 그만 다치고 말았어요. 워낙 곱게 자란 아이라 크게 놀라서 이렇게 누워 있는 겁니다. 그런데 그만 하인이 도둑으로 오해를 해서 아이를 더 다치게 했지요."

그러자 수사관은 옆에 있던 하인의 옆구리를 툭툭 쳤습니다.

"아니, 아이를 이렇게 다치게 하면 어떡합니까?"

"저, 그, 그게 도둑으로 오해를 해서 그랬습니다. 그래서 총을 쐈는데……, 잘못했어요."

하인의 말을 듣고 노련한 수사관은 하인에게 총을 가져오라고 했습니다.

순간 로스번의 등에서 식은땀이 주르르 흘렀습니다.

"제가 살펴보니 총이 발사된 흔적이 없는데요. 총알도 그대로 있습니다."

다른 수사관의 말이 떨어지자, 로스번은 하인에게 대뜸 호통을 쳤습니다.

"야, 이 녀석아! 내가 정신 똑바로 차리라고 했지? 괜한 소리를 해서 그 먼 런던에서 여기까지 수사를 하러 오게 만들더니, 이제는 쏘지도 않은 총을 가져와서 쐈다고 말해?"

"정말, 정말로 죄송합니다. 제가 헛것을 봤나 봐요."

하인은 연신 허리를 굽실거리며 수사관들에게 사과를 했습니다. 런던에서 온 수사관들은 시간 낭비만 했다면서 투덜거리더니 곧 밖으로 나갔습니다.

"휴! 다행이구나! 정말 큰일 날 뻔했어."

"로스번 선생님! 다 선생님 덕분이에요. 정말 무슨 말로 어떻게 감사를 드려야 할지……."

메일리 부인과 로즈, 로스번은 그제야 안도의 한숨을 내쉬며 가슴을 쓸어 내렸습니다.

안개에 싸인 멍크스

    한편 페이긴은 초조하게 빌 사이크스의 연락을 기다리고 있었습니다. 그러나 며칠이 지나도 깜깜무소식이자 걱정이 되어 안절부절못했습니다.

    "이번 일은 실패한 거야! 그렇지 않고서야 지금까지 연락이 없을 리가 없잖아?"

    페이긴은 초조한 마음을 술로 달래며 시간을 보냈습니다. 그리고 다시 며칠이 지났을 때, 초인종이 울렸습니다.

    "누구세요?"

    "나, 나요. 어서 이 문 좀 열어요."

    페이긴이 문을 열고 확인을 해 보니 다름 아닌 토비였습니

다. 말쑥했던 예전 모습과는 달리, 다 찢어진 옷에 수염으로
뒤덮인 얼굴이 마치 거리를 떠도는 부랑아 같았습니다.

"도대체 어떻게 된 거야? 그리고 왜 너 혼자야? 자세히 이야
기 좀 해 보라고."

"이야기는 나중에 합시다. 배가 고파서 숨이 끊어질 지경이
니까 어서 먹을 것부터 갖다 주세요. 다 먹고 나면 그때 자세
히 이야기해 줄게요."

페이긴은 토비에게 먹을 것을 갖다 주었습니다. 그러자 토비

는 허겁지겁 음식을 삼켰습니다.

"아, 사흘 동안 굶다가 음식이 들어가니 이제야 살 것 같네!"

토비는 접시를 싹싹 비운 뒤에야 입을 열었습니다.

"일이 크게 잘못됐어요. 올리버 녀석이 말을 듣지 않는 바람에 빌 사이크스가 그 애를 총으로 쐈지요. 총소리를 듣고 그 집 사람들이 잠에서 깼고, 우리는 도망을 쳤어요. 하지만 총에 맞은 올리버를 업고 도망을 치자니 우리까지 잡힐 것 같더라고요. 그래서 올리버를 도랑에다 버리고 왔습니다. 그 뒤에 무슨 일이 벌어졌는지는 우리도 몰라요."

"뭐, 뭐라고? 올리버를 버리고 왔다고? 어떻게 일을 그 따위로 하는 거야! 완전히 엉망이 되어 버렸잖아."

페이긴은 화가 머리끝까지 치밀어 고래고래 소리를 질렀습니다. 그러더니 미친 사람처럼 골목으로 뛰쳐나가 어느 술집 앞에서 멈추었습니다. 그곳은 빌 사이크스가 자주 가는 단골 술집이었습니다.

"여봐, 페이긴! 어쩐 일이야? 자네가 여기를 다 오고 말야?"

"잘 있었나? 그건 그렇고 혹시 빌이 오지 않았나? 꼭 봐야 할 일이 있어서 그래."

"아니, 못 봤는데."

"그래? 그럼 멍크스는 있나? 얼굴 좀 봤으면 좋겠는데."

"조금만 기다려. 곧 올 때가 되었어."

페이긴은 술집에서 멍크스가 오기만을 기다렸습니다. 멍크스를 기다리다가 우연히 낸시를 만났습니다.

낸시는 페이긴을 보자마자 올리버에게 또 무슨 일을 시켰느냐며 그를 다그쳤습니다. 페이긴은 쓸데없는 일에 참견하지말라고 고함을 질렀습니다.

낸시가 울면서 밖으로 뛰쳐나갔습니다. 그때 술집으로 누군가 들어왔습니다. 바로 멍크스라는 사내였습니다.

"이봐! 오랜만이네. 나를 찾았다며? 대체 무슨 일이야?"

"그동안 자네가 찾던 아이가 올리버 맞지? 지금 그 녀석이 죽었는지 살았는지 소식을 알 수가 없어."

페이긴은 망설이다가 그동안 있었던 일을 다 말했습니다.

"흠, 죽었다면야 상관 없어. 다만 다른 사람 손에 넘어가 이용만 당하지 않으면 되는데 말야."

키가 큰 멍크스는 수상쩍은 얼굴을 했습니다. 어쩐지 올리버 트위스트에 관한 비밀을 알고 있는 것처럼 보였습니다.

달콤한 시간

올리버는 꽤 오랫동안 침대에 누워서 지냈습니다. 총알이 스친 팔뚝의 상처가 생각보다 깊었기 때문입니다. 게다가 사건이 있던 날, 비를 맞으며 무서움에 떠느라 병이 더 깊어졌습니다.

메일리 부인과 로즈는 정성스레 올리버를 간호했습니다. 약을 먹이고 맛있는 음식도 많이 먹였습니다. 또 어린 올리버를 위로해 주기도 했습니다.

"두 분께 감사드립니다. 제가 얼른 나아서 은혜를 갚을 수 있었으면 좋겠어요."

올리버는 하루에도 몇 번씩 감사의 인사를 했습니다. 하지만 그럴 때마다 로즈는 올리버에게 이렇게 말했습니다.

"우선 몸이 나아야지. 일하는 것은 나중에 생각해도 늦지 않아. 그리고 우리는 곧 시골에 내려가서 지낼 생각이란다. 너도 함께 가서 맑은 공기를 마시면 더 빨리 나을 거야."

"아, 정말이에요? 저도 데려가 주신다고요? 시골에 가면 정말 좋겠어요."

"그럼. 같이 가야지. 함께 꽃밭도 만들고 그러자."

올리버는 친절한 로즈의 말에 신이 났습니다. 자신에게 이런 행복이 다시 찾아올 줄은 꿈에도 몰랐기 때문입니다. 그러다 문득 브라운로 할아버지와 베드윈 부인이 떠올랐습니다.

"그분들도 내가 이렇게 행복하게 지내는 걸 알고 계시면 좋을 텐데……."

"누구 말이니? 너에겐 가족이 없잖아."

"로즈 누나, 제게는 고마운 분들이 있어요. 제가 어려운 일을 당했을 때 브라운로 할아버지와 베드윈 부인께서 도움을 많이 주셨거든요. 페이긴에게 다시 잡혀가지만 않았다면 지금쯤 그 집에서 행복하게 살고 있었을 거예요."

올리버는 주르르 눈물을 흘렸습니다. 그 모습을 보고 있는 로즈의 마음도 찢어질 듯 아팠습니다.

"걱정하지 마, 올리버! 네가 건강해지면 누나가 로스번 선생님께 부탁해서 그 집에 데려가 줄게. 그러니 너는 밥 많이 먹고 씩씩하게 생활하면 돼!"

올리버는 로즈의 말을 듣고 더 큰 고마움을 느꼈습니다.

며칠이 지났습니다. 이제 올리버는 혼자 힘으로 걸어다닐 수 있게 되었습니다. 모두 여러 사람들이 사랑의 손길로 보살펴 준 덕분이었습니다.

건강을 회복하자 약속대로 로스번은 올리버를 데리고 런던으로 향했습니다. 올리버를 태운 마차는 신나게 달렸습니다. 한참을 달리자 올리버가 소리쳤습니다.

"선생님! 바로 저기예요! 저 집이 틀림없어요."

"마차를 세워요!"

올리버의 말을 듣고 로스번은 마차를 세웠습니다.

"빌 사이크스가 저를 데리고 하룻밤 잤던 집이 분명해요."

로스번은 올리버를 데리고 그 집 앞으로 갔습니다. 그때 마침 문을 열고 나오는 키 작은 곱사등이를 만났습니다.

"남의 집 앞에서 뭐 하는 거야?"

"도둑놈을 잡으러 왔다. 빌 사이크스란 놈 여기 살지? 순순히 나오라고 해!"

"흥! 생사람 잡고 있네. 들어와서 빌 사이크스란 사람이 없으면 어쩌려고 그래? 대낮부터 남의 집 앞에서 행패를 부려? 계속 이러면 나도 가만히 있지 않을 거야."

곱사등이는 옆에 있는 몽둥이를 집어들고 공중에서 흔들었습니다.

"이 아이가 집을 잘못 본 모양이네. 시끄러워지는 건 원치 않으니 그냥 가겠네."

로스번은 돈을 몇 푼 던져 주고서 올리버를 데리고 얼른 마차로 돌아왔습니다. 확실한 증거도 없는데다 혼자 힘으로는 도저히 감당할 수 없는 상대였기 때문입니다.

"오늘은 그냥 가자! 다음에 경찰관과 함께 오자꾸나!"

마차는 다시 달렸습니다. 런던 시내에 도착하자 올리버는 두리번거리다가 마침내 브라운로 할아버지의 집을 찾았습니다.

"저기다! 저기 하얀 집이에요!"

"그래, 어서 가 보자! 네가 이렇게 건강하게 잘 있다는 것을 아시면 얼마나 기뻐하시겠니?"

올리버는 달려갔습니다. 그리고 힘차게 문을 두드렸습니다. 하지만 문을 열어 준 것은 처음 본 사람이었습니다.

"혹시……, 여기 브라운로 할아버지 댁 아닌가요?"

"브라운로 씨는 두 달 전에 인도에 가셨습니다."

올리버는 풀이 죽었습니다.

"그럼 베드윈 부인도 함께 가셨나요?"

"네, 그렇습니다. 친구분까지 모두 함께 가셨습니다."

"올리버, 그만 돌아가자."

로스번은 기가 죽은 올리버의 손을 잡고 마차로 돌아왔습니다. 올리버는 안타까운 나머지 그만 눈물을 흘렸습니다.

시간이 흘렀습니다. 날씨도 많이 따뜻해졌고, 올리버는 포동포동 살이 올라 건강해 보였습니다.

시골로 내려간 올리버는 새로운 즐거움에 빠져 지내느라 힘들었던 과거는 점차 잊게 되었습니다. 배고팠던 기억도 아주 먼 옛날 일만 같았습니다.

"어머니, 이제 올리버가 아주 건강해졌어요. 예전처럼 문득 외로워하지도 않고 제 또래 아이들처럼 밝고 귀여운 소년이 되었어요."

"그러게 말이다. 하얗고 포동포동한 얼굴이 어찌나 귀여운지 모르겠다. 시골에 내려오길 잘한 것 같구나."

올리버를 보며 메일리 부인과 로즈는 기뻐했습니다.

메일리 부인이 머무는 곳에서 그리 멀지 않은 곳에 교회가 있었습니다. 올리버는 날마다 교회에 가서 기도를 올렸습니다. 그런 올리버에게 교회 목사님은 공부를 가르쳤습니다.

성경 읽는 법, 글 쓰는 법, 역사와 수학까지 가르쳐 주었습니다.

"처음에는 어려웠는데, 이제는 쉽게 느껴져요. 그리고 책을 읽을 수 있다는 게 정말 신기해요."

올리버는 공부를 아주 열심히 했습니다. 게다가 영리해서 가르쳐 주는 대로 곧잘 따라 했습니다. 목사님은 그런 올리버가 기특해 칭찬을 많이 해 주었습니다.

올리버는 마을 사람들과도 친하게 지냈습니다. 농사짓는 사람들을 찾아가 물어보기도 하고, 여기저기 구경도 했습니다.

"로즈 누나, 꼭 천국에 온 기분이에요. 신선한 공기를 마시고 예쁜 꽃과 나무를 보니까 날아갈 것 같아요! 요즈음 전 정말 행복하다니까요."

로즈와 꽃밭을 가꾸며 올리버가 말했습니다. 올리버는 예쁜 꽃들을 심고 열심히 물을 주었습니다.

저녁이면 메일리 부인과 로즈를 따라나서 산책을 했습니다. 그들은 나무 아래 나란히 앉아서 로즈가 읽어 주는 재미난 이야기에 흠뻑 빠졌습니다. 또 일요일에는 로즈가 피아노 앞에 앉아서 아름다운 곡들을 연주했습니다. 그러면 올리버는 옆에서 턱을 괴고 앉아서 즐겁게 피아노 소리를 들었습니다. 올리버는 하루하루 무척 행복했습니다.

병이 난 로즈

시골에서 머무르는 동안 봄이 지나가고 무더운 여름이 찾아 왔습니다. 새파란 하늘과 바람결에 춤추는 싱그러운 나뭇잎을 보자 올리버의 건강은 더욱 좋아졌습니다.

어느 날이었습니다. 여느 때와 마찬가지로 로즈는 창가에서 피아노를 치고 있었습니다. 하지만 그날 따라 왠지 그녀의 얼굴빛이 창백해 보였습니다.

"왜 그러니, 로즈? 몸이 안 좋은 거니? 오늘 네 얼굴빛이 유난히 창백해 보이는구나."

"어머니, 몸이 으슬으슬 추워요."

로즈는 어깨를 움츠렸습니다.

"이게 웬일이니? 그동안 아무 탈 없이 잘 지냈는데 갑자기 건강이 나빠지다니. 그동안 너를 바라보며 내가 얼마나 행복했다고."

메일리 부인은 걱정이 이만저만이 아니었습니다. 올리버도 무척이나 걱정스러웠습니다.

"아주머니, 너무 걱정하지 마세요. 로즈 누나는 착하니까 금방 괜찮아질 거예요. 오늘 밤에 제가 하느님께 기도를 많이 드릴게요."

하지만 며칠이 지나도 로즈의 병은 나아지지 않았습니다.

메일리 부인은 하루하루 걱정을 하다 올리버에게 편지를 써 주면서 시내에 나가 편지를 부치고 오라고 심부름을 시켰습니다.

"조심해서 갔다 오너라. 로스번 선생님께 보내는 편지니까 잃어버리면 안 된다. 들을 따라 계속 걸어가면 시장 거리가 나올 거야. 시장에서 여관을 찾아가 주인에게 주면 마차를 불러 편지를 전해 줄 거다."

"네, 걱정하지 마세요. 얼른 다녀올게요."

올리버는 숨이 차도록 뛰어서 시장에 도착했습니다.

로즈 누나의 병이 하루 빨리 낫기를 바라는 마음에 다리

가 아픈 줄도 몰랐습니다.

며칠이 지나고, 로스번이 별장에 도착했습니다. 그는 도착하자마자 로즈의 방으로 가서 진찰을 했습니다.

"정말 안타깝습니다, 메일리 부인. 이렇게 젊고 아름다운 아가씨가 몹쓸 병에 걸리다니……. 지금으로서는 달리 손을 쓸 방법이 없군요."

로스번의 말에 메일리 부인은 그 자리에 주저앉았습니다. 올리버도 눈물을 흘리며 슬퍼했습니다.

"하느님! 제발 착한 로즈 누나의 병을 낫게 해 주세요. 천사처럼 고운 누나가 아파서 누워 있으니 슬퍼서 견딜 수가 없어요. 로즈 누나가 잘못한 게 있다면 차라리 제가 벌을 받겠어요. 하느님! 저의 기도를 저버리지 마시고 꼭 들어주세요. 간절히 빌고 또 빕니다."

올리버는 하루도 빠지지 않고 교회에 가서 간절한 마음으로 기도를 드렸습니다. 메일리 부인도 로즈의 병이 어서 낫기만을 기원하며 정성을 다해 기도를 드렸습니다.

저녁이 되었습니다. 그날도 메일리 부인이 거실에서 기도를 드리고 있는데, 로스번이 다가왔습니다.

"로즈에게 무슨 일이 생긴 거예요? 뭐가 잘못된 건가요?"

메일리 부인은 불안에 떨며 물었습니다.

"진정하세요, 부인. 다행히 위험한 고비는 넘겼습니다. 그러니 이제 안심하시고, 곁에서 잘 지켜보세요. 하느님께서 우리의 기도를 들어주셨나 봅니다."

"휴! 다행이다. 하느님, 감사합니다."

메일리 부인은 가슴을 쓸어 내리고는 로즈의 방으로 달려갔습니다. 그리고 로즈의 두 손을 꼭 잡았습니다. 올리버도 소식을 듣고 뛸 듯이 기뻐했습니다.

다음 날, 올리버는 들판에 나가 로즈에게 줄 꽃을 한 아름 꺾어들고 집으로 돌아왔습니다. 그때 마차가 한 대 집 앞에 와서 멈추어 서더니 두 사람이 내렸습니다. 가만히 보니 한 명은 하인이고, 잘생긴 청년은 처음 보는 얼굴이었습니다.

"올리버, 아가씨는 좀 어떠시니?"

"네, 이제 괜찮아졌어요. 그런데 이분은 누구세요?"

"그것 참 다행이구나. 이분은 메일리 부인의 아드님이시란다. 런던에서 대학을 졸업하고, 그곳에서 직장을 구해 일하다가 로즈 아가씨 소식을 듣고 급히 달려오신 거야."

하인은 올리버에게 청년을 소개시켜 주었습니다.

"안녕? 올리버. 네 이야기는 많이 들었다. 나는 해리 메일리

란다. 만나서 반갑다."

해리 메일리는 올리버와 인사를 나누고는 곧장 로즈를 보러 방으로 갔습니다. 해리 메일리는 로즈를 무척 사랑하고 있었습니다. 그래서 병이 난 로즈를 보려고 한달음에 달려온 것이지요. 로즈는 서서히 건강을 되찾았습니다. 화기애애한 공기가 집 안을 가득 채웠습니다.

어느 날, 올리버는 책을 읽다가 꾸벅꾸벅 졸고 있었습니다. 꿈인지 현실인지 꾸벅 졸다가 창밖에서 기웃거리고 있는 두 사람과 눈이 마주쳤습니다.

"저 아이가 올리버 맞지?"

"그래, 틀림없어. 저 녀석 얼굴을 보니 확실히 알겠네."

창밖에 있는 사람들은 얼마 전 여관에서 부딪쳤던 악마 같은 얼굴의 사내와 페이긴이었습니다.

올리버는 숨어서 벌벌 떨다가 두 사람이 사라지자 비명을 질렀습니다.

"누가 좀 도와주세요! 어서 빨리 여기로 와 보세요!"

집에 있던 사람들이 올리버의 비명 소리를 듣고 달려왔습니다. 얼굴이 파랗게 질린 올리버는 덜덜 떨리는 손가락으로 창밖을 가리켰습니다.

"왜, 왜 그러니? 도대체 무슨 일이야?"

"저를 괴롭히던 악당들이 나타났어요. 분명히 저를 찾으러 온 것 같아요. 어떡해요. 무서워 죽겠어요."

"혹시 네가 잘못 본 거 아니니? 밖에는 아무도 없는데……."

"아니에요. 제가 두 눈으로 똑똑히 봤어요. 지난번에 여관에 심부름 갔을 때 본 무서운 사람하고 페이긴이었어요. 밖에서 제 이름까지 불렀단 말예요."

메일리 부인은 사람들을 시켜 주위를 샅샅이 뒤졌습니다. 그리고 여관 주인을 찾아가 페이긴이 숨어 있는지도 알아보았습니다. 하지만 그 어디에서도 페이긴의 그림자조차 찾을 수 없었답니다.

시간이 흐르면서 이 사건도 잊혀져 갔습니다. 올리버도 미심쩍었지만 곧 잊어버렸습니다.

집 안에서는 작은 갈등이 일어났습니다. 해리 메일리는 로즈와 결혼을 하고 싶어하는데, 로즈가 받아들이지 않았던 것입니다.

"로즈, 왜 내 마음을 몰라주는 거요? 이러지 말아요."

"우리는 신분의 차이가 많이 나요. 당신은 앞으로 정치가가 될 사람인데, 나 같은 고아와 결혼을 하는 것보다 명문가의 딸과 결혼하는 게 더 나아요. 그러니 저한테 결혼하자는 말은 이제 그만 하세요."

로즈는 해리 메일리의 청혼을 거절했습니다.

"어머니, 저는 로즈를 사랑합니다. 그런데 로즈는 제 말을 귀담아듣지 않아요. 어머니가 도와주세요."

"그건 나도 반대다. 나는 누구보다 로즈를 아끼고 사랑하지만 결혼은 안 된다. 로즈는 나의 수양딸이지 며느리가 아니야. 그러니 너도 너한테 어울리는 아가씨를 만나도록 하거라."

"하지만 어머니! 저는 이미 로즈에게 마음을 빼앗겼습니다. 다시 생각해 주세요."

"여러 말 할 것 없다. 런던에 가서 일하면서 차근차근 생각해 보거라. 나는 분명히 반대니까, 엄마의 말을 소홀히 여기지 말아 다오."

해리 메일리는 상심에 빠졌습니다. 하지만 런던에서 급한 연락이 왔기 때문에 떠나야 했습니다. 그래서 그는 서둘러 가족들과 인사를 하고는 런던으로 돌아갔습니다.

악랄한 부부

　다시 이야기는 올리버가 자란 보육원으로 옮겨 갑니다. 그곳의 여자 책임자인 코니는 아직 결혼을 하지 않은 노처녀였습니다. 뚱뚱한 그녀는 가난한 사람들에게 전해 주어야 할 여러 가지 구호품을 가로채어 자신의 욕심을 채우기에 바빴답니다.

　또 그녀는 자기 욕심을 채우는 데 필요한 사람에게는 아첨을 아주 잘했는데, 그중 하나가 읍사무소 서기인 범블이었습니다. 범블은 공금을 몰래 **빼돌리다** 들켜서 월급이 절반으로 깎였답니다. 그래서 시무룩하게 하루하루를 보내고 있었습니다.

　날씨가 쌀쌀하던 어느 날 밤, 코니는 따뜻한 난로 옆에 앉아 있었습니다. 그때 갑자기 할머니들의 울음소리가 들렸습니다.

"아니, 왜들 그래요?"

"지금 샐리 할머니가 다 죽게 생겼어요."

코니가 다가갔습니다. 정말로 샐리 할머니는 마지막 숨을 몰아쉬고 있었습니다.

"코니 선생님, 제가 죽기 전에 하고 싶은 말이 있어요. 다른 사람이 들어서는 안 되고 단둘이 이야기해야 합니다."

코니는 다른 사람들을 나가게 한 다음, 샐리 할머니를 바라보았습니다. 귀찮아서 모른 척해 버리고 싶었지만, 마지막 소원이겠거니 하고 인심을 쓴 것이었습니다.

"10년도 더 된 아주 옛날 이야기입니다. 옛날에 어떤 귀부인처럼 보이는 여인이 보육원 앞에서 아이를 낳자마자 죽었어요. 그 아이에게 올리버 트위스트라는 이름을 붙여 주었지요. 몹시 추운 날이어서 나는 그 부인에게 옷도 빌려 주고 먹을 것도 주었어요. 그런데 죽은 부인에게서 조그마한 상자가 하나 나왔어요. 호기심에 그만 그것을 열어 보았더니 금덩이가 들어 있지 않겠어요?"

"뭐라고요? 금이라고요! 그래서 어떻게 했는데요?"

시큰둥하던 코니는 금덩이라는 말에 눈이 커졌습니다.

"욕심이 나서 갓난아이에게 전해 주지 않고 제가 가졌지요.

그런데……."

샐리 할머니는 말을 다 끝내지 못하고 그만 눈을 감았습니다. 금덩이의 행방을 물어보려고 코니가 흔들어 댔지만 아무소용이 없었습니다.

그녀는 샐리 할머니의 짐을 샅샅이 뒤졌습니다. 마침내 침대시트 속에서 상자를 찾아낸 코니는 주위를 살피다가 얼른 옷속에 숨겼습니다.

그런데 그녀의 행동을 지켜본 사람이 있었습니다. 바로 범블이었습니다. 그는 돈이 궁해지자 돈 많은 노처녀한테 관심을 끌려고 찾아왔다가 그 광경을 보게 되었던 것입니다.

며칠이 지나자, 코니는 자신의 이름을 걸고 새 보육원을 차렸습니다. 범블이 축하 인사를 하러 왔습니다.

"코니 양, 드디어 새 보육원을 차렸군요. 축하해요."

"뭘요. 다 아이들을 위해서죠, 호호호!"

"사실은 내가 직장을 그만두었어요. 그래서 여기에서 일자리를 얻고 싶은데……."

"뭐, 뭐라고요? 일할 사람들은 벌써 다 구했어요."

범블을 보고 굽실거리던 코니는 직장을 그만두었다는 그의말에 얼굴 표정이 싹 바뀌었습니다. 더 이상 친절하게 대해 줄 필요가 없기 때문입니다.

"당신이 죽어 가는 샐리 할멈에게 베푼 은혜를 다 지켜보았지요. 그러니 내게도 친절할 것이라고 기대합니다. 그렇지 않아요? 설마 그 사실을 온 세상에 다 알리고 싶은 것은 아니겠지요?"

범블은 눈을 번뜩이며 말했습니다. 코니는 입술을 파르르 떨면서 머릿속으로 여러 가지 계산을 했습니다.

며칠 뒤에 두 사람은 결혼식을 올렸습니다. 두 사람 모두를 위해서 결혼을 하는 것이 가장 좋겠다고 판단했던 것입니다.

사실 범블이 서기직을 그만두자 마을 사람들의 태도가 싹 달라졌습니다. 굽실거리는 태도는 고사하고 이제는 인사도 하지 않았으며, 심지어 침을 뱉기까지 했습니다. 금단추가 달린 제복을 벗자마자 세상의 차가운 시선을 느낀 범블은 마지막으로 돈 많은 코니를 이용하려는 수작이었답니다.

범블은 가끔 술집에 가서 혼자 술을 마시며 자신의 처지를 생각해 보곤 했습니다. 그런데 화려했던 과거와 초라한 현재의 모습을 비교하니 화만 났습니다.

바로 그때, 어떤 사내가 범블에게 다가왔습니다.

"혹시 범블 씨 아닌가요? 저는 범블 씨를 찾아서 여기까지

왔습니다."

"네, 제가 범블인데……. 누구시죠?"

"옛날 이야기 좀 물어보려고요. 혹시 12년 전에 태어난 올리버 트위스트라는 아이를 기억하십니까? 올리버의 엄마가 아기를 낳다가 죽을 때에 어떤 할멈이 옆에서 지켜보았다고 하던데요."

사내의 말을 듣고 범블은 음흉한 미소를 지었습니다. 그리고 재빨리 이 일로 돈을 벌 궁리를 했습니다.

"아, 샐리 할멈 말이군요. 그 할멈은 얼마 전에 죽었어요. 하지만 샐리 할멈이 죽기 전에 올리버 엄마의 비밀을 말했답니다. 그 비밀을 알고 있는 사람을 제가 압니다만."

그러자 사내는 돈뭉치를 꺼내 보이면서 사례는 톡톡히 하겠다고 말했습니다.

"좋습니다. 그럼 내가 그 비밀을 알고 있는 사람을 내일 데리고 오지요."

"그럼 기다리겠습니다. 내 이름은 멍크스라고 합니다."

둘은 악수를 하고 다음 날 다시 만나기로 약속했습니다.

비가 주룩주룩 내리는 날, 범블과 코니는 멍크스가 적어 준 주소를 들고 약속 장소를 찾아갔습니다. 그곳은 물 위에 걸쳐

서 지은 허름한 2층집이었습니다.

"기다렸습니다. 어서 오세요."

멍크스는 범블과 코니를 반갑게 맞아 주었습니다.

세 사람은 탁자에 둥그렇게 둘러앉았습니다.

멍크스가 코니를 가리키자, 범블이 고개를 끄덕였습니다. 그들은 잠시 서로를 주의 깊게 살펴보았습니다. 그러다가 마침내 멍크스가 입을 열었습니다.

"부인께서 저를 도와주셔야겠는데요."

"도대체 무엇을 도와 달라는 건지, 이야기부터 들어봅시다."

"샐리 할멈 기억하시지요? 아마 죽기 전에 무슨 비밀을 털어놓았을 겁니다. 그렇죠?"

"무슨 말씀을 하시는지 모르겠네요. 난 아무것도 몰라요."

멍크스의 말에 코니는 시치미를 뚝 떼었습니다.

"다 알고 있습니다. 이미 범블 씨한테 자세히 들었거든요."

"흥! 알면서 왜 모르는 척 시치미를 뗀 거죠? 범블 씨한테 자세히 들었다면서 날 부른 이유는 또 뭐예요?"

눈치가 빠른 멍크스는 코니가 요구하는 게 무엇인지 금세 알아챘습니다. 그래서 지갑을 꺼내 놓고 말을 시작했습니다.

"샐리 할멈이 남긴 물건을 제게 넘겨주시면 섭섭하지 않게 사례를 하겠습니다."

"그럼 25파운드를 주세요. 그 이하로는 절대 입을 열지 않겠어요."

멍크스는 돈을 코니에게 건네주었습니다. 돈을 받고 기분이 좋아진 코니가 이야기를 시작했습니다.

"샐리 할멈이 죽어 가면서 10년도 지난 옛날 이야기를 했어요. 어떤 부인이 아기를 낳다가 죽었는데, 그때 샐리 할멈이 혼자 간호를 했대요. 부인이 가지고 있던 작은 상자가 탐이 나서 샐리 할멈이 그걸 훔쳤다고 하더군요."

코니는 여기까지 이야기를 하고 뜸을 들였습니다.

"그럼, 그 상자를 제게 주십시오."

"무슨 소리예요? 그 상자는 비어 있었다고요."

"누굴 바보로 압니까? 빈 상자였다니요? 그럼 내가 준 돈 도로 내놔요! 그리고 내가 가만히 있을 줄 아나 본데, 보육원 원장이 죽은 사람한테서 도둑질을 했다고 소문을 낼 거요. 두고 보시오!"

멍크스가 얼굴을 붉히며 소리를 지르자, 코니가 태도를 바꾸어 얼른 그를 달랬습니다.

"참, 성미도 급하셔. 내 말 아직 안 끝났다고요. 끝까지 들어

보지도 않고 말을 자르면 어떡해요? 빈 상자 안에 쪽지가 하나 있었어요. 그 쪽지는 전당포에 물건을 맡긴 증서였답니다. 무슨 물건인지 궁금해서 전당포를 찾아가 보았지요. 그리고 내 돈으로 값을 치르고 물건을 되찾아왔어요. 순전히 내 돈을 들여서 고생한 거죠."

코니는 자기의 수고를 알리려고 애를 썼습니다.

"그래, 지금 그 물건을 가지고 왔소?"

"그럼요. 제 가방 속에 있습니다."

코니는 가방을 탁자 위에 소리나게 올려놓았습니다. 그리고 거만한 표정으로 천천히 가방을 열더니 조그마한 상자를 꺼내 손바닥 위에 올려놓고는 멍크스를 쳐다보았습니다.

"바로 이거예요."

"어디 한번 봅시다."

멍크스는 상자를 자기 손바닥 위에 올려놓고 자세히 살펴보았습니다. 그것은 바로 금으로 만든 로켓(여자 장신구의 하나로, 사진 등을 넣어 목걸이에 다는 조그마한 갑)이었습니다. 로켓 속에서는 결혼 반지가 나왔습니다.

사실, 값비싼 여러 가지 보석과 금덩이가 더 있었지만, 욕심 많은 코니가 모조리 전당포에 팔아 버렸던 것입니다.

더 놀라운 것은 샐리 할멈에게 받았을 때 빈 상자였다는 것도 거짓말이었습니다. 자신이 굉장히 노력했다는 것과 자기 돈이 많이 들어갔다는 것을 강조하려고 거짓으로 꾸며 낸 말이었습니다. 그러고는 아무 일 없었다는 듯 태연하게 앉아 있었습니다.

"겉만 보시지 말고, 반지 안을 자세히 보세요. 거기 '아그네스'라고 쓰여 있지요? 그리고 올리버 트위스트가 태어나기 1년 전의 날짜가 새겨져 있습니다. 이것이 제가 가지고 있는 전부예요."

"정말 이게 다요?"

"그럼요. 그것뿐이에요."

이제 모든 거래가 끝난 것 같았습니다. 코니도 원하는 돈을 손에 넣었고, 멍크스도 자신에게 필요한 물건과 정보를 얻었습니다. 하지만 코니는 마지막 순간까지 잊지 않고 뒷처리를 꼼꼼히 해 두었습니다.

"잠깐만요. 혹시 당신이 하는 일이 나에게 피해를 주는 건 아니겠지요? 지금 이 자리에서 확실히 대답해 주세요."

멍크스는 자신이 생각했던 것보다 코니가 훨씬 독한 여자라는 것을 알아챘습니다. 그래서 준비해 두었던 것을 보여 주기

로 했습니다. 멍크스가 옆에 있던 쇠고리를 잡아당기자 방바
닥 한 부분이 꺼지면서 낭떠러지가 되었습니다.

아래에는 물이 거세게 흐르고 있었습니다.

"자, 아래를 보시오. 자꾸 허튼소리를 하거나 나를 의심하면
이 안으로 당신들을 밀어넣을 수도 있소. 하지만 오늘은 내가
참겠소."

멍크스는 다시 쇠고리를 잡아당겨 방바닥을 닫았습니다. 갑
자기 방바닥 아래로 급히 흐르는 물살을 본 범블은 반쯤 넋이
나간 듯했습니다. 그는 벌벌 떨면서 코니에게 어서 나가자고
재촉했습니다. 하지만 역시 배짱이 두둑한 코니는 전혀 겁을
먹지 않은 듯 담담한 얼굴로 말했습니다.

"좋습니다. 당신이 하려고 하는 일이 무사히 잘되길 빌겠어
요, 멍크스 씨."

코니는 멍크스에게 마지막 인사를 하고 범블과 함께 그 2층
집을 나왔습니다.

비밀의 열쇠

지금쯤 빌 사이크스는 어디에 있을까요? 대체 무엇을 하느라 지금까지 꽁꽁 숨어 있을까요?

그 무렵 빌 사이크스는 심하게 앓고 있었습니다. 템스 강가에 있는 부잣집을 털다가 실패하던 날 비를 너무 많이 맞았기 때문에 병을 얻었던 것입니다. 그런데 그가 아픈 것을 알고도 한패였던 사람들이 모른 척했기 때문에 건강이 더욱 나빠졌습니다.

빌 사이크스는 시장 뒷골목에 방을 얻어 침대에 누운 채 하루하루를 보냈습니다. 옆에서 간호하는 사람은 낸시였는데, 환자인 빌 사이크스가 번번이 화를 내고 야단을 쳤기 때문에 굉장히 힘들어 했습니다.

어느 날 저녁, 낸시는 빌 사이크스에게 야단을 맞고 대문 밖에서 훌쩍거리며 앉아 있었습니다. 그때 페이긴이 찾아왔습니다. 그 옆에는 잭 도킨스와 찰리가 서 있었습니다.

"인정머리 없는 사람아! 이제야? 빈손으로 온 건 아니겠지?"

빌 사이크스는 페이긴을 보자마자 말했습니다.

"이 페이긴이 빈손으로 왔겠나? 선물을 가져왔지, 크크! 술도 사 오고 고기도 사 오고, 맛있는 것을 잔뜩 사 왔다네."

"흥! 지금쯤 죽었겠다 싶어서 확인하러 온 건 아니고? 이제야 찾아왔으면서 큰소리는!"

"일찍 오고 싶었지만 올리버 녀석이 어떻게 되었는지 걱정이 되어서 이리저리 알아보다가 늦었어. 그만 화 풀라고!"

페이긴은 빌 사이크스를 살살 달랬습니다.

"페이긴, 먹을 것은 필요 없으니깐, 차라리 돈을 좀 주게나."

"돈? 나 돈 없어. 잘 알면서 왜 그러나."

"자네가 나한테 이렇게 야박하게 굴 수 있나? 나랑 사이가 나빠지면 자네한테 좋을 게 없을 텐데 말야?"

빌 사이크스는 막무가내로 돈을 내놓으라며 난리를 쳤습니다.

"하는 수 없지. 하지만 많이는 못 주네. 조금 마련해 줄 테니 그 정도로 만족하도록 해.”

페이긴은 자기 집에 금고를 두고 번호를 아무에게도 가르쳐 주지 않았습니다. 그래서 돈을 가져오려면 다시 집으로 가야만 했습니다.

“그럼, 조금만 기다리게, 빌! 낸시와 함께 집에 갔다가 낸시 편에 돈을 보내겠네.”

“좋아, 기다릴 테니 빨리 보내라고!”

낸시는 서둘러 옷을 챙겨 입고 페이긴을 따라나섰습니다.

집에 도착한 페이긴은 낸시를 아래층에 세워 두고 위층으로 올라가 금고를 열고 돈을 챙겼습니다. 그리고 다시 아래층으로 내려와 낸시에게 건넸습니다. 그때였습니다.

“똑똑! 똑똑!”

문을 두드리는 소리가 들렸습니다. 페이긴이 문을 열어 주자 멍크스가 안으로 들어섰습니다. 그는 페이긴과 중요한 이야기를 하려고 찾아왔던 것입니다.

“그럼 낸시는 어서 가서 빌 사이크스에게 돈을 주라고.”

“알았어요. 걱정하지 마세요.”

낸시는 밖으로 나왔습니다. 하지만 진짜로 집으로 돌아가지는 않았습니다. 낸시는 아무도 모르게 살금살금 걸어서 계단으로 올라갔습니다. 그리고 숨을 죽이며 두 사람이 나누는 이야기를 엿들었습니다. 이야기를 다 듣고 난 낸시는 심한 충격에 빠졌습니다. 그리고 휘청거리는 걸음으로 간신히 빌 사이크스의 집으로 돌아왔습니다.

"빌, 여기 돈 있어요. 받아요!"

"왜 이렇게 늦은 거야? 한참을 기다렸잖아!"

빌 사이크스는 버럭 소리를 지르면서도 얼른 돈을 챙겨 넣었습니다. 그 다음부터 며칠 동안은 한결 부드럽게 굴었습니다. 주머니에 돈이 생기자 너그러워졌던 것입니다.

"이봐, 낸시! 요새 이상해 보여. 무슨 고민이라도 있어? 얼굴빛이 아주 안 좋은데."

"아니에요. 감기 기운이 있어서 그래요."

"혹시 나한테 병이 옮을까 도망칠 궁리를 하는 건 아니고?"

"생각해 보세요. 도망을 칠 것 같았으면 벌써 쳤지, 아직도 여기에 이렇게 남아 있겠어요?"

곰곰이 생각해 보니 옳은 말 같았습니다. 그래서 빌 사이크스도 더 이상 아무 말 하지 않았습니다.

깜깜한 밤이 되었습니다. 낸시는 빌 사이크스가 잠들기만을 기다렸습니다. 그리고 그가 깊이 잠든 것을 확인하고는 몰래 빠져나와 거리로 향했습니다.

골목길을 이리저리 돌자, 깨끗하고 넓은 거리가 나왔습니다. 낸시는 화려한 호텔 앞에서 겨우 숨을 돌리고 나서, 심호흡을 하고는 안으로 들어갔습니다.

"어떻게 오셨습니까?"

"네, 로즈라는 젊은 여자를 찾는데요. 이 호텔에 묵고 있을 거라고, 이리 오라고 했거든요."

낸시는 페이긴과 멍크스의 이야기를 엿들을 때 로즈와 그 가족이 이 호텔에 머무르고 있다는 것을 알게 되었습니다. 멍크스는 메일리 부인과 로즈, 그리고 올리버가 로스번 의사의 말에 따라 시골에서 올라와 호텔에 묵고 있다는 것을 이미 알고 있었습니다.

처음에는 호텔 직원이 차림새가 초라한 낸시를 보고 로즈와 연결시켜 주지 않았습니다. 하지만 낸시가 단호하게 다시 말하자 그제야 로즈를 불러 주었습니다.

"안녕하세요? 제가 로즈인데, 무슨 일로 저를 찾으셨나요?"

로즈는 겸손한 태도로 물었습니다.

"정말이지 당신은 하늘에서 내려온 천사 같군요. 제가 얼마나 나쁜 짓을 저질렀는지 당신이 아신다면 놀랄 거예요. 하지

만 오늘 저는 굳은 결심을 하고 여기에 왔답니다. 제 말을 끝까지 잘 들어주세요."

낸시는 방문이 꼭 잠겼는지 확인을 하고서야 말을 이었습니다.

"지금부터 사람의 목숨이 달려 있을 만큼 중대한 이야기를 당신에게 해 드릴 거예요. 저는… 브라운로 씨 댁에서 책방으로 심부름을 보낸 올리버를 친누나라고 속여서 강제로 페이긴에게 데려간 사람입니다."

"어머! 당신이 그럼……."

"네, 맞아요. 저는 아주 나쁜 여자예요. 하지만 이제 새로운 마음으로 살아가려고 하니 제 말을 믿어 주세요."

로즈는 아직 낸시를 믿어야 할지 말아야 할지 판단이 서지 않았습니다. 하지만 진실해 보이는 눈빛을 보고 이야기를 끝까지 들어보기로 했습니다.

"저는 우연히 페이긴과 멍크스가 하는 이야기를 엿들었습니다. 그런데 멍크스라는 작자가 올리버의 신분을 밝힐 중요한 증거를 냇물 속에 던져 없애 버렸다고 하더군요. 그 물건은 올리버의 어머니가 보육원 앞에서 올리버를 낳자마자 죽고, 그 자리에 있던 어떤 할멈 손에 있었는데 멍크스가 다시 찾아냈나 봐요. 그러면서 올리버 몫의 재산은 자기가 몽땅 챙길 것이고, 올리버에게 엉뚱한 죄를 뒤집어씌워 감옥에 보내 버릴 거라고 하더군요."

"어머! 세상에……. 어쩜 그렇게 나쁜 사람이!"

"놀라지 마세요! 더 충격적인 소식이 남아 있어요! 그 악당 같은 멍크스가 바로 올리버의 배다른 형제랍니다."

"세상에!"

놀라운 소식을 전해 들은 로즈는 그 자리에서 정신을 잃고 말았습니다. 착하게만 살아온 그녀가 감당하기에는 너무나 무섭고 엄청난 소식들이었기 때문입니다.

"이제 정신이 드세요?"

로즈가 정신을 차리자 낸시가 걱정스러운 듯 물었습니다.

"네, 괜찮아요. 걱정하지 마세요."

"저는 그만 가 볼게요. 시간이 너무 많이 흘렀어요."

낸시가 떠나려고 하자 로즈는 낸시를 붙잡았습니다. 그렇게 험한 곳으로 낸시를 다시 보내려고 하니 마음이 아프고 걱정이 되었던 것입니다.

"저는 가 봐야 해요. 당신처럼 친절한 사람을 몇 해 전에만 만났어도 저는 달라졌겠지요. 하지만 지금은 이미 늦었어요. 게다가 나쁜 사람이긴 하지만 제 도움이 꼭 필요한 환자가 저

163

를 기다리고 있답니다. 그래서 그곳으로 돌아가야 해요."

"하지만 너무 걱정이 되어서요. 도움이 필요하면 언제든지 저를 찾아오세요. 제가 힘껏 도와드릴게요. 그리고 위험을 무릅쓰고 여기까지 와 주신 거 정말 감사해요. 이것은 제 정성입니다. 받아 주세요."

로즈가 봉투에 돈을 담아 낸시에게 주려고 했습니다. 하지만 낸시는 끝내 그 돈을 받지 않았습니다.

"저를 만나고 싶다면 매주 일요일 런던 다리로 오세요. 산책하러 가는 것처럼 하고 매주 그곳에 있겠어요."

낸시는 마지막 말을 남기고 총총걸음으로 돌아갔습니다.

'이 일을 누구한테 먼저 알려야 하나? 어머니가 아시면 놀라서 쓰러지실지도 몰라. …그래. 우선 해리 메일리 씨한테 알려야겠다.'

로즈는 자세한 사정을 알리는 편지를 썼습니다.

다음 날 아침, 밖에 나가 놀던 올리버가 뛰어들어왔습니다.

"로즈 누나! 드디어 봤어요. 지난번에 인도에 갔다던 브라운로 할아버지를 봤어요. 이제는 만날 수 있어요!"

올리버는 신이 나서 말했습니다.

"만나서 이야기도 한 거니?"

"아니오. 너무 떨려서 이야기는 못 하고 멀리서 보기만 했어요. 저랑 같이 있던 하인이 집 주소를 적어 가지고 왔어요."

이야기를 다 들은 로즈는 마차를 준비시켰습니다. 그리고 올리버를 데리고 브라운로의 집으로 찾아갔습니다.

"브라운로 씨 댁인가요?"

"그런데요? 누구시지요?"

조금 뒤 브라운로가 나와서 로즈를 맞았습니다.

"올리버에게 브라운로 씨 얘기를 여러 번 들었어요. 그 아이에게 따뜻하게 대해 주신 거, 정말 감사합니다."

"오, 올리버! 그 아이의 소식을 안단 말이에요? 지금 어디서 어떻게 지내나요?"

브라운로는 놀라서 물었습니다.

"흥! 그 녀석은 질이 나쁘다니까."

옆에서 듣고 있던 그림위그가 끼어들었습니다.

"아니에요. 사정이 있었어요. 올리버는 그동안 어려움을 많이 겪었답니다."

로즈는 심부름을 가던 올리버가 낸시한테 붙잡혀 다시 페이긴에게 끌려간 일과 나쁜 무리에 끼어서 도둑질을 할 수밖에 없었던 일, 그러다가 총을 맞고 쓰러진 일, 올리버가 브라운로 할아버지를 잊지 못하고 그리워했던 일, 물어물어 간신히 브라운로의 집을 찾았지만 인도로 떠나서 만나지 못했던 일들을 모두 차근차근 들려주었습니다.

"그랬군요. 그래서 우리가 올리버를 찾으려고 온갖 방법을 써도 소용이 없었군요. 로즈, 올리버를 만나 볼 수 있을까요?"

"사실은 지금 올리버가 저기 마차 안에서 기다리고 있어요."

브라운로는 로즈의 말이 떨어지자마자 밖으로 뛰어나갔습니다. 그리고 마차 안에 있던 올리버를 데리고 집으로 돌아왔습니다.

"할아버지! 저예요. 올리버 트위스트예요. 그동안 저 때문에 걱정 많이 하셨죠?"

올리버는 기쁨의 눈물을 흘렸습니다.

"어머나, 올리버! 대체 어디 있었던 거니? 우리가 얼마나 걱정을 했는데……."

베드윈 부인도 뛰어나와 올리버를 반갑게 맞아 주었습니다. 그러는 사이 로즈는 서재에서 브라운로와 따로 이야기를 나누었습니다. 낸시한테 전해 들은 일을 상의했던 것입니다.

그날 저녁, 브라운로가 로즈가 묵고 있는 호텔로 찾아왔습니다. 그들은 메일리 부인과 로스번과 함께 머리를 맞대고 의논을 했습니다.

"멍크스의 정체를 확실히 파악하는 게 무엇보다 중요해요. 하지만 섣불리 경찰에 알렸다가 그 자가 입을 다물어 버리면 아무 소용이 없으니까, 낸시라는 여자와 상의해서 결정적인 증거를 잡도록 합시다."

"낸시는 다음 주 일요일에 만날 수 있어요. 매주 일요일마다 다리 위에서 산책을 하고 있겠다고 저와 약속을 했거든요."

사람들은 올리버를 위해 여러 가지 작전을 짰습니다. 우선 낸시를 통해 여러 가지 정보를 알아 내는 것이 좋겠다고 결론을 내렸습니다. 그리고 헤리 메일리가 변호사 일을 하고 있으므로 법적인 문제는 그와 의논을 하기로 했습니다.

그런데 브라운로가 이런 말을 덧붙였습니다.

"자, 그럼 신중하게 일을 처리합시다. 그리고 한 가지 드릴 말씀이 있어요. 제가 왜 머나먼 인도에 갔는지 아십니까? 올리버와 관련된 놀라운 소식이 있지만 아직은 때가 아니라 말씀드리지 못합니다. 시간이 흐르면 모두 말씀드리지요."

런던에 나타난 노아 클레이폴

올리버가 예전에 장의사 집에서 일할 때, 올리버를 괴롭히던 노아 클레이폴을 기억할 것입니다. 그가 런던에서 돈을 벌어 볼까 하고 부엌일을 하던 샬럿을 꾀어 런던으로 왔습니다. 가게 금고에서 몰래 돈을 훔쳐 가지고 도망쳐 온 그들은 런던에 도착해 허름한 술집에 들어갔습니다.

"지금쯤 돈이 없어진 것을 알고 쫓아오지는 않을까? 뒤에서 누가 나를 붙잡을 것만 같아 무서워 죽겠어."

"그 정도 가지고 뭘 그래? 나는 돈만 벌 수 있다면 앞으로 무슨 일이든지 할 거야."

샬럿과 노아 클레이폴은 허겁지겁 음식을 먹으면서 이야기를 나누었습니다. 그런데 술집에서 그 광경을 지켜보는 사람이 있었습니다. 바로 술집 주인과 페이긴이었습니다. 평소 술집 주인은 만만한 소년들을 골라 페이긴에게 소개시켜 주고 그 대가로 돈을 받아 챙겼답니다.

"페이긴, 저 녀석들 어때? 시골에서 방금 올라온 것 같지? 생김새가 순진해 보이는데 말야."

"그러게. 괜찮겠는걸."

페이긴은 노아 클레이폴과 샬럿이 앉아 있는 테이블로 다가갔습니다. 그리고 친절하게 인사를 건넸습니다.

"자네들한테 술을 한잔 사고 싶은데 괜찮겠나? 자네들 시골에서 지금 막 올라왔지?"

"어? 그걸 어떻게 아셨죠? 어쨌든 고맙습니다."

"런던에서 살아가려면 요령이 있어야 해. 그렇지 않으면 고생은 고생대로 하고 벌이는 시원찮기 일쑤지."

"어떻게 하면 되지요?"

노아 클레이폴이 페이긴 옆에 바짝 붙어 눈을 반짝이며 말했습니다.

"그렇다면 내 밑에서 일해 보겠나? 길거리에 걸어다니는 신사들의 호주머니를 터는 것은 어려운 일이 아니야. 하하하! 내가 자네들을 공짜로 먹여 주고 재워 주지."

페이긴은 노아 클레이폴과 샬럿을 데리고 집으로 갔습니다. 그리고 방 안에 들어가서 본격적으로 이야기를 시작했습니다.

"이봐, 앞으로 우리는 서로 도와 가며 잘살 궁리를 해야 한다는 것을 잊지 말게나. 알겠지? 우선 내가 시키는 대로 하면 돼. 사실 내 밑에서 일하던 충직한 아이가 얼마 전 잡혀 들어갔어. 그래서 그 아이의 소식부터 좀 알아 와야겠네. 그 녀석의 이름은 잭 도킨스인데, 재판장에 가서 재판이 어떻게 진행되고 있는지 알아 오면 되네."

페이긴은 노아 클레이폴에게 임무를 주었습니다. 이미 찰리와 다른 아이들은 경찰들에게 얼굴이 다 알려져 있었으므로, 처음 보는 노아 클레이폴에게 일을 시킨 것이지요.

페이긴은 노아 클레이폴을 마부의 옷으로 갈아입힌 다음 재판장 앞에 데려다 주었습니다.

"자, 자! 모두들 조용히 해 주십시오. 이제부터 소매치기 잭 도킨스의 재판을 시작하겠습니다."

조금 뒤 재판이 시작되었습니다. 클레이폴이 재판 과정을 살펴보니, 잭 도킨스는 처음부터 완강한 자세로 대답을 하고 있었습니다.

"나는 아무 죄가 없어요! 그리고 함부로 여기에 날 가두어도
되는 건가요?"

"잭 도킨스! 너는 소매치기를 한 죄인이야. 그것도 한 번이
아니라 여러 번 경찰서에 잡혀 들어온 범인이라고. 이래도 그
런 소리를 할래? 내가 네 얼굴을 잘 아는데 무슨 소리야?"

"흥! 나를 잘 안다고? 나는 당신을 모르는데 당신은 어떻게
나를 알지? 사실이 아니면 명예훼손죄로 고소할 테야!"

잭 도킨스는 바락바락 대들며 악을 썼지만, 징역 6개월형을
선고받았습니다.

재판 과정을 똑똑히 지켜본 노아 클레이폴은 페이긴에게 돌아가 자세히 전했습니다.

일요일 밤이 되었습니다. 페이긴은 빌 사이크스가 어떤지 병문안을 하려고 그의 집 쪽으로 걸어갔습니다. 집에 도착하니 낸시가 모자를 챙겨 들고 외출을 하려는 것을 빌 사이크스가 말리고 있었습니다.

"어딜 가는 거야? 요새 밤마다 밖에 나가는 것이 수상하다고. 도대체 무슨 꿍꿍이가 있는 거야?"

"그냥 답답해서 바람 좀 쐬고 오려는 거예요."

낸시가 이렇게 말했지만, 빌 사이크스는 오히려 매질을 하고 그녀를 가두어 두었습니다.

집으로 돌아온 페이긴은 낸시의 뒤를 밟기로 했습니다. 그렇게 해서 낸시의 약점을 찾게 된다면 이를 미끼로 낸시를 자기 편으로 만들려는 속셈이었습니다.

"노아 클레이폴, 앞으로 너는 어떤 여자 뒤를 따라다니면 돼! 조심해서 뒤를 밟고 절대 여자가 눈치채지 못하도록 해라. 잘할 수 있겠지?"

그날부터 노아 클레이폴은 빌 사이크스 집 앞에서 보초를 서다가 낸시가 집을 나서면 그 뒤를 밟았습니다.

낸시의 가련한 죽음

"어머, 서둘러야겠네! 벌써 시간이 이렇게 됐잖아."

낸시는 발걸음을 재촉해 다리 쪽으로 갔습니다. 12시를 알리는 종소리가 들리자 마차가 다리 앞에 섰습니다. 마차에서 내린 사람은 로즈와 브라운로였습니다.

"여기서는 말씀드릴 수 없어요. 아무도 없는 다리 밑으로 가세요."

낸시는 돌계단을 따라 다리 아래로 내려갔습니다.

"낸시 양, 안심하고 내게 털어놓으세요. 지난 일요일엔 당신이 나오지 않아 몹시 걱정했답니다. 무슨 일이 있는 건 아니지요?"

"지난 주에는 붙잡혀서 나올 수가 없었어요. 그래서 오늘은 수면제를 먹이고 억지로 나온 거예요."

브라운로와 낸시는 서로 긴밀한 이야기를 주고받았습니다.

"낸시 양, 지금 우리는 멍크스에 관한 비밀을 밝혀 내야만 해요. 그러려면 어쩔 수 없이 페이긴도 잡아들여야 합니다."

"그건 안 돼요. 페이긴이 아주 나쁘고 악랄한 사람이지만 그래도 어렸을 적부터 저를 키워 준 사람인걸요. 제가 이렇게 나선 것도 올리버가 불쌍하고 가여워서 그런 거예요. 그러니 페이긴을 이 일에 끼워 넣지는 마세요. 부탁드립니다."

"낸시 양, 걱정 마세요. 우리는 경찰의 힘을 빌리지 않고 멍크스를 잡을 계획입니다. 그리고 멍크스에게도 당신한테 이야기를 들었다는 말은 절대로 하지 않을 거예요. 비밀은 끝까지 지킬 테니 마음놓으세요."

낸시는 브라운로의 말을 듣고 안심했습니다. 그래서 멍크스가 자주 다니는 술집과 시간대를 알려 주었습니다.

"잊지 마세요. 멍크스는 키가 크고 말랐어요. 눈이 쑥 들어갔고, 입술에는 상처가 있지요. 검은 얼굴에 좌우로 두리번거리는 버릇이 있답니다. 그리고 목에는……."

"혹시 불에 그을린 듯한 상처가 있나요?"

브라운로가 낸시의 말 중간에 이렇게 물었습니다.

"맞아요. 그걸 어떻게 아셨죠? 혹시 아는 사람인가요?"

"글쎄요. 그런 것 같기도 하고 아닌 것 같기도 하고……. 때가 되면 알게 되겠지요. 이제 우리는 낸시 양이 가르쳐 준 장소에서 기다리고 있어야겠네요. 그리고 사례를 하고 싶어요. 감사의 마음으로 드리는 것이니 꼭 받아 주세요."

브라운로는 낸시에게 봉투를 내밀었습니다.

"아니에요. 저는 절대로 받지 않겠어요. 제게 돈을 주시는 것은 저를 무시하는 것과 같아요. 저에게는 돈도 필요 없고, 희망도 아무것도 필요 없답니다."

낸시는 지쳐 보이는 얼굴로 말했습니다.

"제발 그런 말은 하지 말아요. 스스로 희망을 잃어버리면 그 어떤 것도 해낼 수 없답니다. 이제라도 늦지 않았어요. 당신이 새로운 생활을 할 수 있도록 우리가 준비를 해 두겠습니다. 영국에서 살기 싫다면 프랑스나 이탈리아로 보내 줄 수도 있습니다. 잘 생각해 봐요, 낸시 양!"

브라운로는 걱정스러운 목소리로 말했습니다.

그 모습을 몰래 지켜보던 노아 클레이폴은 부러운 생각이 들었습니다. 그러면서 자기 같으면 벌써 허락했을 것들을 거절하는 낸시를 이해할 수 없었습니다.

"선생님, 감사합니다. 저에게도 그렇게 따뜻한 말을 해 주시는 분이 있군요. 하지만 저는 그 집으로 돌아가야만 해요. 제 손길만 기다리고 있는 환자를 모른 척할 수는 없어요."

"저, 그럼 대신 이것만이라도 가져가세요."

브라운로는 낸시에게 손수건 한 장을 선물로 주었습니다.

낸시는 인사를 하고는 곧장 집으로 돌아갔습니다. 브라운로와 로즈도 반대편으로 걸어갔습니다.

노아 클레이폴은 이 소식을 조금이라도 더 빨리 페이긴에게 전해야겠다고 마음먹고 재빨리 달려갔습니다.

"페이긴! 내 말 좀 들어 봐요. 낸시가 엄청난 일을 꾸몄어요!"

노아 클레이폴은 페이긴에게 낸시와 브라운로가 한 말을 모두 늘어놓았습니다. 페이긴은 분해서 온몸을 부들부들 떨었습니다.

"아니, 낸시가 나를 배신해? 게다가 일이 이렇게 틀어지면 멍크스한테 한 푼도 못 받게 되잖아. 멍크스한테 돈을 받으면 별장도 짓고 목장도 사려고 했는데, 다 날아가게 생겼잖아!"

페이긴은 일이 자기 뜻대로 되지 않자 분통이 터졌습니다. 또 자기 목숨도 불안하게 되었으니 더 미칠 지경이었습니다.

다음 날 페이긴이 씩씩대며 어젯밤의 일을 생각하고 있는데,

빌 사이크스가 찾아왔습니다.

"야, 이 자식아! 지금 이러고 있을 때가 아냐. 내 이야기를 들으면 기절할 거다."

"도대체 무슨 일인데 이렇게 난리를 치는 거야?"

페이긴이 말을 시작하자 빌 사이크스가 바싹 다가앉았습니다.

"낸시 말이야, 낸시! 내가 수상한 낌새를 눈치채고 노아 클레이폴에게 낸시를 따라가라고 시켰지. 그랬더니 어떤 일이 벌어졌는지 알아? 그 계집애가 올리버를 돌보아 주던 브라운 로한테 쪼르르 달려가서 우리 이야기를 했대."

"뭐, 뭐라고! 이런 나쁜 계집애 같으니라고! 그동안의 은혜를 원수로 갚다니!"

빌 사이크스는 부르르 떨면서 주먹을 쥐었습니다.

"너무 심하게는 하지 말고, 살살 다뤄!"

페이긴의 집을 나선 빌 사이크스는 한걸음에 자기 집으로 돌아왔습니다. 그는 오자마자 문을 발로 차고 방문을 거세게 열어젖힌 다음, 침대 위에 잠들어 있는 낸시를 발로 걷어찼습니다.

"지금 속 편하게 잠을 자고 있어? 어서 일어나지 못해!"

"도대체 무슨 일인데, 잠도 못 자게 하는 거예요."

아무것도 모르는 낸시는 침대에서 몸을 일으켰습니다.

"야, 이 나쁜 계집애야! 내가 모를 줄 알아? 어젯밤에 어디 갔다 왔어?"

"그게 무슨 말이에요. 어젯밤에는 아무 데도……."

"닥치지 못해! 어젯밤에 페이긴의 부하 녀석이 네 뒤를 밟았는데도 딴소리할 거야? 네가 무슨 짓을 했는지 우리는 이미 다 알고 있단 말야!"

생각지도 못한 말을 들은 낸시는 얼굴이 하얗게 질려 버렸습니다. 그리고 무슨 말을 어떻게 해야 할지 몰랐습니다.

"그, 그게 아니라 빌, 내 말 좀 들어 봐요. 나는 당신과 페이긴에 대해서는 아무 말도 안 했다고요. 단지 올리버가 가여워서 멍크스에 대한 이야기만 했을 뿐이에요."

낸시가 울며 사정했지만, 포악한 빌 사이크스 귀에는 아무 말도 들리지 않았습니다.

"넌 우리를 배신했어! 그리고 배신자의 최후는 너도 잘 알고 있겠지?"

빌 사이크스가 낸시를 무섭게 노려보았습니다. 그리고는 권총을 꺼내 들었습니다.

"은혜를 원수로 갚다니, 너를 용서하지 않겠어!"

빌 사이크스는 낸시를 거칠게 때렸습니다. 낸시의 이마에서 붉은 피가 흘러내려 방바닥을 적셨습니다.

"제발, 빌! 제발 그만 해요!"

하지만 독이 오른 빌 사이크스는 낸시의 말을 무시하고 계속 때렸습니다.

"퍽! 퍽!"

몽둥이까지 들고는 낸시를 사정없이 후려쳤습니다. 한 대, 두 대, 세 대, 네 대……. 마침내 낸시는 정신을 잃고 쓰러졌습니다. 그런데도 빌 사이크스는 매질을 멈추지 않았습니다. 결국 낸시는 숨을 거두고 말았습니다.

더 이상 숨소리가 들리지 않자, 빌 사이크스는 그제야 정신이 들었습니다. 그러고는 미친 듯이 밖으로 뛰어나갔습니다. 아무 생각 없이 발길 가는 대로 이리저리 걸어다녔습니다. 시간이 흘렀지만 배도 고프지 않았고 다리도 아프지 않았습니다. 문득 머리가 헝클어진 채 피를 흘리며 원망스러운 눈동자로 자신을 쳐다보던 낸시의 얼굴이 떠올랐습니다.

"악!"

빌 사이크스는 마구 뛰었습니다. 아무 생각 없이 걷다가 어느 시골 마을에 다다른 그는 조그만 원두막 아래에서 잠이 들었습니다.

그런데 잠을 자는 동안 마을에 불이 났습니다. 빌 사이크스가 미친 듯이 달려가 불을 껐습니다. 그러자 마을 사람들이 주위에 몰려들어 칭찬을 했습니다.

'여기 있으면 안 되겠다. 사람들이 북적대는 런던으로 돌아가야겠어.'

빌 사이크스는 다시 런던으로 돌아갔습니다.

드러나는 진실

브라운로의 집 앞에 마차가 한 대 와서 서더니 덩치 좋은 사내 둘이 한 사내를 끌고 집 안으로 들어갔습니다. 끌려온 사람은 바로 멍크스였습니다.

"아주 거친 녀석인데, 괜찮으시겠습니까?"

"걱정하지 말게나. 나는 이 녀석을 벌써부터 알고 있다네."

사람들이 모두 나가자 브라운로는 멍크스와 단둘이 마주 앉았습니다.

"그동안 잘 있었나, 에드워드 리포드? 이미 눈치를 챘을 텐데…… 바로 네 동생에 관한 일이야."

"아버지의 옛 친구이신 분이 왜 저를 괴롭히는지 모르겠군요. 그리고 저는 동생이 없습니다."

"이제 와서 모른 체해도 소용 없어. 너를 조사하는 동안 네가 올리버의 과거 행적을 다 지우고 다녔다는 사실을 알아 냈으니까 말야."

멍크스가 아무 말도 하지 않고 가만히 있자, 브라운로는 자신이 알아 낸 과거 이야기를 조용히 들려주었습니다.

"옛날에 너희 아버지와 어머니가 결혼을 했지. 그런데 너의 어머니는 사치와 허영으로 가득 찬 여자였고, 너를 낳고 얼마 되지 않아 헤어지고 말았어. 그리고 넌 어머니를 따라 파리에서 살게 되었어. 네 아버지는 시골에 내려와 조용히 지냈는데, 그곳에서 마음씨 고운 여자를 만나 재혼을 했지. 그게 올리버의 어머니야. 그런데 어느 날 네 아버지는 임신한 아내를 두고 급히 로마로 떠나게 되었어. 왜냐하면 친척 아저씨가 로마에서 돌아가셨는데, 유산을 정리하러 급히 가야 했던 거야. 하지만 다시 영국으로 돌아오려고 할 때 심한 열병을 앓게 되었지. 일은 여기서부터 꼬이기 시작한 거야. 아버지가 위독하다는 소식이 올리버의 어머니보다 네 어머니한테 먼저 전해져서 네 어머니와 네가 로마로 달려갔지. 그러나 아버지는 이미 죽은 뒤였고, 네 어머니는 아버지가 남긴 재산을 올리버에게 주지

않고 중간에서 모조리 가로챈 거야."

브라운로는 계속 말을 이어 갔습니다.

"시골에 있던 올리버의 어머니는 남편이 죽었다는 소식에 충격을 받아 병이 들었어. 그런 몸을 이끌고 남편의 무덤을 찾아 떠났지. 그러다 도중에 길바닥에 쓰러져 올리버를 낳다가 세상을 떠났고, 올리버는 보육원에서 자라게 된 거야. 예전에 올리버의 아버지가 부인의 초상화를 그려서 우리 집에 맡겨 놓고 찾아가지 않았는데, 그 그림 속의 부인과 올리버가 무척 닮아서 내가 조사를 해 봤지. 그때 멍크스 네가 인도에 있다는 소식을 듣고 인도로 찾아갔지만 만나지 못했어. 그런데 이렇게 영국에서 다시 만나게 되었구나."

이야기를 다 듣고 난 멍크스, 아니 에드워드 리포드는 고개를 떨구었습니다.

"에드워드! 이미 범블 부부는 사실을 자백했어. 게다가 학대를 받으며 불쌍하게 자란 낸시는 빌 사이크스에게 맞아 죽었어! 그러니 너도 순순히 자백을 해. 모든 걸 털어놓으면 너를 경찰서에 넘기지는 않겠다."

일이 어떻게 진행되고 있는지 알아차린 멍크스는 이제 희망이 없었습니다. 그래서 모든 것을 자백하려고 입을 여는 순간 로스번이 뛰어들어왔습니다.

"살인범이 죽었어요! 빌 사이크스가 지붕 위로 도망을 치다가 죽은 귀신을 보았는지 헛소리를 해 대더군요. 그러다 밧줄에 걸려 거기에 대롱대롱 매달려 죽고 말았어요. 또 페이긴은 구경꾼들에게 맞아 피투성이가 되었답니다!"

공범들의 최후 소식을 들은 멍크스는 얼굴이 하얗게 질려 버렸습니다.

며칠이 지났습니다. 브라운로의 집에 멍크스와 메일리 부인, 로즈, 해리 메일리, 로스번, 그림 위그, 그리고 올리버가 모두 모여 한 자리에 앉았습니다.

"올리버, 이 사람이 네 이복형이란다."

놀라운 소식을 듣고 올리버는 깜짝 놀랐습니다.

멍크스는 예전에 자신을 괴롭히려고 했던 무섭고 사나운 사람이었기 때문입니다.

"에드워드, 네 아버지가 남기신 말을 여기서 밝히거라."

"아버지가 돌아가실 때 편지를 남겼어요. 한 통은 브라운로 아저씨한테 보내는 것이었고, 한 통은 올리버의 어머니한테 보내는 것이었습니다. 유언장에는 재산의 절반을 현재 부인에게 주고, 나머지 절반은 태어날 아이에게 준다고 쓰여 있었어요. 전 부인과 그 아들에게는 해마다 얼마의 돈을 부쳐 주겠다고 되어 있었습니다."

"그럼 그 유언장은 어디 있지?"

"어머니가 태워 버렸어요. 그리고 저에게 재산을 물려주지 않고 돌아가셨기 때문에 그 재산을 제가 가질 수가 없었지요. 그래서 제가 아버지의 유일한 자식임을 증명해야 했기에 이런 일을 꾸몄습니다."

멍크스가 사실을 모두 털어놓자 사람들은 입을 다물지 못했습니다. 감히 상상도 하지 못할 이야기에 심한 충격을 받았던 것입니다.

"더욱 놀라운 소식이 남아 있습니다. 올리버 어머니는 훌륭한 가문의 딸이었어요. 그녀에게 여동생이 있었는데, 부모님이 돌아가시고 언니마저 갑자기 죽자 고아처럼 버려졌다가 어느 착한 부인의 수양딸이 되었답니다. 바로 그녀가 이 자리에 있는 로즈입니다."

"와!"

브라운로의 말에 사람들은 더욱 놀랐습니다. 여기저기서 환호성이 터져 나왔습니다. 이제 올리버 트위스트는 훌륭한 집안의 아들로 많은 재산을 물려받게 되었습니다.

그리고 로즈 역시 훌륭한 집안의 딸이자 올리버 트위스트의 이모라는 사실이 밝혀졌습니다. 옆에 있던 헤리 메일리가 기쁜 나머지 로즈의 두 손을 꼭 잡았습니다.

페이긴은 사형 선고를 받고 반쯤 정신이 나갔습니다. 그는 죽기 전에 마지막으로 올리버에게 멍크스와의 계약서가 있는 장소를 알려 주고는 교수대로 끌려갔습니다.

그 뒤 몇 개월이 흘렀습니다. 로즈와 해리 메일리의 성대한 결혼식이 열렸습니다. 정치에 뜻을 두었던 해리 메일리는 목사가 되어 많은 사람들에게 감동을 주는 설교를 했습니다.

브라운로는 올리버 트위스트의 재산을 반으로 나누어 에드워드 리포드, 즉 멍크스에게 주었습니다. 멍크스는 착하게 살겠다고 약속을 하고 외국으로 떠났지만, 몇 년 뒤 다시 나쁜 일을 하다가 병에 걸려 죽고 말았습니다.

브라운로는 올리버 트위스트를 양아들로 삼고, 근처로 이사 온 해리 메일리 부부와 로스번과 행복하게 살았습니다.

어머니와 아버지에 대한 이야기를 알게 된 올리버는 비로소 맑고 싱그러운 미소를 지었습니다. ❀

● 이해 능력 Level Up!

1. 범블은 올리버를 보육원에서 쫓아 내려고 애를 썼습니다. 올리버를 보육원에서 쫓아 낸 결정적인 사건은 무엇이었는지 아래 글을 읽고 답하세요.

> "큰일 났습니다! 큰일이 났다고요! 올리버 트위스트라는 아이가 감히 죽을 더 달라고 항의한 사건이 벌어졌습니다."
>
> 주방장에게 이야기를 전해 들은 하녀가 곧장 뛰어가 범블에게 소식을 전했습니다.
>
> "아니, 뭐, 뭐라고! 배가 고파 죽겠다고 죽을 더 먹겠다고 소리쳤다고? 이런 고약한 놈!"

 1) 다른 아이들을 괴롭혀서
 2) 청소를 게을리해서
 3) 지저분한 외모 때문에
 4) 죽을 더 달라고 항의해서
 5) 돈을 훔치다 들켜서

2. 보육원에서 올리버를 내쫓으려고 공고문을 붙였는데, 이때 맨 처음 찾아온 사나이는 갬필드였습니다. 그의 직업은 무엇인가요?

1) 약장수   2) 굴뚝 청소부

3) 거리 청소부   4) 구둣방 주인

5) 식당 주인

3. 올리버를 하루 빨리 보육원에서 내쫓을 궁리만 하던 범블이 올리버를 보낸 곳은 어디였나요?

1) 장의사   2) 식당   3) 병원

4) 공장   5) 학교

4. 소워베리는 올리버에게 검은 깃발을 들고 다니는 일을 시켰습니다. 왜 그랬을까요? 아래 글을 읽고, 알맞은 답을 고르세요.

> "올리버! 너는 참 착해 보이는구나. 너의 불쌍해 보이는 얼굴을 이용하면 내 장사가 더 잘될 것 같다. 좋아! 이제부터 검은 깃발을 들고 장례식장에 따라다니도록 해라. 되도록 불쌍하고 안타까운 표정을 지어야 한다는 것 잊지 말고 말이야."

1) 다른 일은 제대로 해내지 못해서

2) 워낙 게으름을 피워서

3) 올리버가 다른 아이들보다 힘이 셌기 때문에

4) 올리버의 착해 보이는 얼굴이 슬픔을 불러일으켜서

5) 꼼꼼하고 정직한 성격과 잘 맞아서

5. 올리버는 도킨스를 따라 페이긴의 집으로 가게 됩니다. 페이긴이 아이들에게 시킨 일은 무엇인지, 글을 읽고 답하세요.

올리버는 신기한 놀이가 바로 물건을 훔치는 소매치기라는 것을 알고는 무척이나 놀랐습니다.
'그렇다면 페이긴의 집에 있는 값비싼 물건들이 모두 훔친 것이란 말야? 나는 그것도 모르고 지금까지 재미삼아 소매치기 놀이를 하고 있었구나.'

1) 신문 나르기   2) 우유 배달
3) 소매치기   4) 집 안 청소
5) 농사짓기

6. 브라운로는 올리버를 처음 만났는데도 왜 낯이 익었을까요?

1) 자신이 좋아하는 머리 모양을 하고 있어서
2) 초상화 속의 여인과 닮아서
3) 친근하게 다가서는 올리버가 귀여워서
4) 귀엽고 착해 보이는 외모를 지녀서
5) 열심히 일하는 모습이 성실해 보여서

7. 다음 중 브라운로에 대한 설명으로 옳지 않은 것끼리 짝지어진 것을 고르세요.

㉠ 올리버의 아버지와 오랜 친구 사이다.
㉡ 올리버에게 여러 가지 도움을 주는 착한 사람이다.
㉢ 올리버를 이용해 재산을 늘리려고 한다.
㉣ 베드윈 부인과는 부부 사이다.
㉤ 멍크스와는 이미 얼굴을 아는 사이다.

1) ㉠, ㉡   2) ㉢, ㉣   3) ㉡, ㉤
4) ㉠, ㉤   5) ㉠, ㉢

8. 페이긴이 몰래 보고 있던 반짝이는 것은 무엇이었는지, 아래 글을 읽고 답하세요.

> "이 녀석! 너 방금 무얼 보았지? 죽기 싫으면 어서 바른대로 대답해!"
> "제가 보려고 해서 본 건 아니에요. 전 그냥 잠에서 깨어 눈을 떴을 뿐인데……."
> 올리버는 잔뜩 겁을 먹고서는 떨리는 목소리로 말했습니다.
> 페이긴은 반짝이는 다이아몬드를 조심스럽게 상자에 넣었습니다.

1) 진주   2) 크리스탈
3) 다이아몬드   4) 사파이어
5) 황금덩어리

9. 브라운로의 친한 친구로, 올리버가 착한 아이가 아니라 사실은 나쁜 아이일 것이라고 주장한 사람은 누구인가요?

1) 빌 사이크스   2) 해리 메일리
3) 베드윈 부인   4) 그림 위그
5) 찰리 베이츠

10. 빌 사이크스와 토비는 총에 맞아 피를 흘리는 올리버를 어디에 버리고 도망쳤는지, 글을 읽고 알맞은 답을 쓰세요.

> 빌 사이크스도 별 도리가 없었습니다. 그는 움푹 패인 도랑에 올리버를
> 내려놓고 자신의 옷으로 덮은 다음 토비 뒤를 따라 도망쳤습니다.

1) 지붕 위   2) 도랑
3) 바닷가   4) 다리 아래
5) 논바닥

11. 메일리 부인 집에 도둑이 들자, 런던 경찰서에 연락한 사람은 누
    구인가요? 아래 글을 잘 읽고, 옳은 답을 쓰세요.

> "제가 사람을 시켜 런던 경찰서에 소식을 전했습니다. 아마 런던에
> 서 온 수사관일 거예요."
> "이런 생각 없는 녀석! 네 할 일이나 잘할 것이지, 공연히 쓸데없
> 는 짓을 해서 이렇게 여러 사람을 괴롭혀?"
> 갑자기 런던 수사관이 찾아오자 로스번은 당황했습니다.

1) 메일리 부인   2) 로즈
3) 그 지역 경찰관   4) 로스번 의사
5) 메일리 부인 집의 하인

12. 올리버가 총상을 입은 부위는 어디인가요?

1) 팔   2) 머리   3) 다리
4) 가슴   5) 배

13. 큰 도움을 준 낸시에게 브라운로가 돈이 든 봉투를 주자 낸시가
    거절했습니다. 그러자 브라운로가 감사의 표시로 낸시에게 다른

것을 줍니다. 무엇인지 아래 글을 읽고, 답하세요.

> "선생님, 감사합니다. 저에게도 그렇게 따뜻한 말을 해 주시는 분이 있군요. 하지만 저는 그 집으로 돌아가야만 해요. 제 손길만 기다리고 있는 환자를 모른 척할 수는 없어요."
>
> "저, 그럼 대신 이것만이라도 가져가세요."
>
> 브라운로는 낸시에게 손수건 한 장을 선물로 주었습니다.
>
> 낸시는 인사를 하고는 곧장 집으로 돌아갔습니다.

1) 시계   2) 지갑   3) 손수건

4) 가방   5) 머리핀

14. 올리버가 브라운로 할아버지를 찾아갔을 때, 브라운로는 어느 나라를 여행하고 있었나요?

1) 일본   2) 미국   3) 인도

4) 태국   5) 프랑스

15. 로즈는 해리 메일리의 청혼을 왜 거절했나요?

1) 예전부터 홀로 살아갈 결심을 해서

2) 다른 사람을 마음속으로 사랑하고 있어서

3) 해리 메일리의 직업이 탐탁지 않아서

4) 고아인 자신과 결혼하는 것이 해리 메일리의 장래에 나쁜 영향을 끼칠까 봐

5) 메일리 부인이 정해 주는 사람과 결혼하려고

16. 범블이 코니에게 갑자기 관심을 갖게 된 이유는 무엇인가요?

1) 코니가 돈이 많아서

2) 코니의 착한 마음씨가 좋아서

3) 코니의 직업이 좋아서

4) 코니의 외모가 사랑스러워서

5) 코니와 취미가 같아서

17. 술집에서 페이긴은 노아 클레이폴을 꼬드겨서 자기 집으로 데려 갔습니다. 그가 노아에게 처음 시킨 일은 무엇인지, 아래 글을 읽고 답하세요.

"이봐, 앞으로 우리는 서로 도와 가며 잘 살 궁리를 해야 한다는 것을 잊지 말게나. 알겠지? 우선 내가 시키는 대로 하면 돼. 사실 내 밑에서 일하던 충직한 아이가 얼마 전 잡혀 들어갔어. 그래서 그 아이의 소식부터 좀 알아 와야겠네. 그 녀석의 이름은 잭 도킨스인데, 재판장에 가서 재판이 어떻게 진행되고 있는지 알아 오면 되네."

1) 경찰서에 몰래 잠입해 들어가기

2) 잭 도킨스의 재판 과정에 대해 알아 오기

3) 소매치기해 오기

4) 낸시 감시하기

5) 빌 사이크스의 심부름하기

18. 글을 읽고, 낸시를 죽게 한 인물이 누구인지 답하세요.

한 대, 두 대, 세 대, 네 대……. 마침내 낸시는 정신을 잃고 쓰러졌습니다. 그런데도 빌 사이크스는 매질을 멈추지 않았습니다. 결국 낸시는 숨을 거두고 말았습니다.

1) 페이긴   2) 올리버 트위스트

3) 잭 도킨스   4) 빌 사이크스

5) 멍크스

19. 정치에 뜻을 두었던 해리 메일리는 로즈와 결혼한 뒤, 어떤 직업을 택했나요?

1) 의사   2) 목사   3) 변호사

4) 여행가   5) 작가

20. 브라운로가 밝힌 비밀에 따르면, 로즈는 올리버와 어떤 관계인가요?

1) 사촌누나   2) 고모

3) 오촌 당숙   4) 이모

5) 작은어머니

21. 다음 중 올리버 트위스트의 성격으로 맞지 않는 것을 고르세요.

1) 성실하고 겸손한 태도

2) 고운 마음씨

3) 나쁜 일을 하지 않으려는 정직함

4) 다정하고 예의바른 태도

5) 물건에 대한 과도한 욕심

● 논리 능력 Level Up!

1. 보육원에서 음식을 넉넉하게 주지 않자 보육원 아이들은 어떤 방법으로 대표자를 뽑아 항의를 하기로 했나요?

2. 아래 글을 읽고, 브라운로의 심부름을 하러 나온 올리버를 친동생이라고 속여 끌고 온 인물은 누구인지 쓰세요.

> 경찰관이 물어보자마자 낸시는 울음부터 터뜨렸습니다.
> "흐흐흑! 혹시 여기에 제 착한 동생이 있나요? 저는 올리버의 누나랍니다. 올리버가 없어진 지 한참 지났는데 소식을 들을 수가 없어서요. 경찰관님, 제발 제 동생 좀 찾아주세요."

3. 브라운로의 집에 걸려 있던 초상화 속의 여인은 누구인가요?

4. 빌 사이크스가 템스 강가에 있는 부잣집을 털러 갈 때, 올리버 트위스트를 데려간 이유는 무엇일까요? 아래 글을 읽고, 답하세요.

> 도둑질을 하려고 눈독을 들인 집에는 어른 키보다 조금 높은 곳에 창이 하나 있었습니다. 그 창은 아주 작아서 어른들은 빠져나갈 수 없었습니다. 그래서 주인도 그리 신경을 쓰지 않는 눈치였습니다. 하지만 빌 사이크스는 이곳을 눈여겨보고는 창에 구멍을 뚫어 올리버를 집 안으로 들여보내려는 것이었습니다.

5. 집 안으로 들어간 올리버는 왜 빌 사이크스의 총을 맞게 되었나요?

6. 피를 흘리며 집 앞에 쓰러진 올리버를 집으로 옮긴 다음, 경찰과 런던의 수사관이 오자 로스번은 뭐라고 둘러댔나요?

_____

_____

7. 아래 글을 읽고, 올리버의 어머니 옆에서 간호해 주던 샐리 할머니가 훔쳤던 유품 중 코니가 손에 넣었다가 멍크스에게 준 것은 무엇인지 써 보세요.

   멍크스는 상자를 자기 손바닥 위에 올려놓고 자세히 살펴보았습니다. 그것은 바로 금으로 만든 로켓(여자 장신구의 하나로, 사진 등을 넣어 목걸이에 다는 조그마한 갑)이었습니다. 로켓 속에서는 결혼반지가 나왔습니다.

8. 낸시는 로즈에게 멍크스의 음모를 알려 주고, 다시 만날 시간과 장소를 말했습니다. 언제, 어디서 만날 수 있다고 했는지, 아래 글을 읽고 써 보세요.

   "저를 만나고 싶다면 매주 일요일 런던 다리로 오세요. 산책하러 가는 것처럼 하고 매주 그곳에 있겠어요."

9. 낸시가 멍크스의 음모를 밝히면서도 끝까지 페이긴을 두둔했던 이유는 무엇인가요?

_____

_____

10. 낸시가 몰래 밖으로 나가는 것을 보고, 페이긴은 어떻게 했나요? 아래 글을 읽고, 답하세요.

> 집으로 돌아온 페이긴은 낸시의 뒤를 밟기로 했습니다. 그렇게 해서 낸시의 약점을 찾게 된다면 이를 미끼로 낸시를 자기 편으로 만들려는 속셈이었습니다.
> "노아 클레이폴, 앞으로 너는 어떤 여자 뒤를 따라다니면 돼! 조심해서 뒤를 밟고 절대 여자가 눈치채지 못하도록 해라. 잘할 수 있겠지?"

_____

_____

11. 빌 사이크스는 어떻게 죽음을 맞았나요?

_____

_____

12. 멍크스와 올리버 트위스트의 관계는 무엇인지 쓰세요.

_____

_____

● 논술 능력 Level Up!

1. 많은 재산을 물려받게 된 올리버가 그 재산으로 무슨 일을 할지 상상해 봅시다. 여러분이 올리버라면 무슨 일을 가장 먼저 할까요?

> 이제 올리버 트위스트는 훌륭한 집안의 아들로 많은 재산을 물려받게 되었습니다. 그리고 로즈 역시 훌륭한 집안의 딸이자 올리버 트위스트의 이모라는 사실이 밝혀졌습니다.

2. 여러분이 올리버의 입장이라면 어떤 사람에게 가장 고마움을 느꼈을 것 같나요?

3. 만일 여러분이 올리버라면 도둑질을 하러 템스 강가에 있는 집 안으로 들어갔을 때 어떻게 행동했을까요?

4. 주인공 올리버 트위스트에게 배워야 할 점이 있다면 세 가지만 이야기해 봅시다.

5. 올리버의 아버지가 직접 쓴 유언장에서 재산 분배는 어떻게 하라고 되어 있었나요? 만일 여러분이 올리버의 아버지라면 재산을 어떻게 나누어 주었을지 생각해 보고, 그 이유도 써 보세요.

풀이

이해 능력 Level Up!

1. 4)	2. 2)	3. 1)	4. 4)	5. 3)
6. 2)	7. 2)	8. 3)	9. 4)	10. 2)
11. 5)	12. 1)	13. 3)	14. 3)	15. 4)
16. 1)	17. 2)	18. 4)	19. 2)	20. 4)
21. 5)				

논리 능력 Level Up!

1. 제비뽑기

2. 낸시

3. 올리버의 친어머니

4. 도둑질을 하려는 집에 있는 작은 창문으로 몸집이 작은 올리버를 들여보내서 문을 열려고

5. 도둑질하러 들어간 집의 사람들에게 알리려고 현관문 반대쪽인 계단 쪽으로 갔기 때문에

6. 올리버가 도둑이라는 확실한 증거도 없고, 증인도 없으며, 근처에 사는 친척으로 자주 놀러 오는 아이였는데, 새총을 가지고 장난을 치다가 다친 것이라고 둘러댔다.

7. 금으로 만든 로켓과 그 안에 들어 있던 이름이 새겨진 결혼 반지

8. 매주 일요일마다 런던 다리에서

9. 페이긴이 나쁜 사람이기는 하지만, 어렸을 적부터 자기를 키워 주고 보살펴 주었던 사람이기 때문에

10. 노아 클레이폴을 시켜 몰래 뒤를 밟게 했다.

11. 자기가 낸시를 죽였다는 사실이 들통나자, 지붕 위로 도망을 치다가 죽은 귀신에 홀린 듯 밧줄에 걸려 죽고 말았다.

12. 이복 형제 사이

논술 능력 Level Up!

1. 예시 : 올리버는 보육원에서 불행하게 어린 시절을 보낸 아이이다. 배고픔과 두려움 속에서 보낸 보육원 시절을 떠올리고 좋은 시설을 갖춘 보육원을 지어 불우한 어린이들이 마음 편히 생활하도록 했을 것이다. 아니면 집을 커다랗게 지어 그동안 자신을 가족처럼 돌보아 준 브라운로 할아버지나 메일리 부인 같은 사람들과 함께 살았을지도 모르겠다. 그리고 자기가 해 보지 못했던 일들을 하나씩 해 나갔을 것이다. 올리버는 마음이 착한 아이여서 돈을 값있게 썼을 것이라고 생각한다. 나에게도 그렇게 큰돈이 생긴다면 우선 부모님과 함께 세계 여행을 할 것이다. 그동안 많은 시간을 함께 보내지 못했던 부모님과 세계 여러 나라를 돌아다니며 이야기도 나누고 그 나라 문화도 익히고 싶다.

2. 예시 1 : 브라운로—처음부터 끝까지 자신을 믿어 준 사람이기 때

문이다. 처음에 소매치기 누명을 쓰고 잡혔을 때 그를 믿고 도왔으며, 집으로 데려가 따뜻하게 보살펴 주었다. 뿐만 아니라 아버지의 오랜 친구였던 그는 진실을 밝히려고 여기저기 돌아다니며 조사를 했고, 결국 아버지와 어머니의 죽음에 대해 알려 주고 올리버가 자기 자신을 찾을 수 있게 해 준 사람이므로 더욱 고마움을 느꼈을 것이다.

예시 2 : 로즈-자기 집에 숨어 들어온 도둑이었지만, 총에 맞은 올리버를 정성껏 간호해 주었다. 또한 한 가족처럼 대해 줌으로써 올리버가 자기 또래 아이들처럼 밝고 행복하게 생활할 수 있게 해 주었다. 나중에 이모로 밝혀져서 올리버에게도 진짜 가족이 생겼고, 더 이상 외롭게 지내지 않아도 되었기 때문에 고마움을 느낀다.

예시 3 : 낸시-처음에는 사람들에게 자기가 올리버의 누나라고 속여 브라운로의 집에서 잘 지내던 올리버를 다시 페이긴의 소굴로 데려갔다. 하지만 나중에 이를 뉘우치고 목숨을 걸고 멍크스의 비밀을 밝혔다. 낸시가 그들의 음모를 밝히지 않았다면 올리버는 더 큰 위험에 처할 수도 있었으며, 자신의 출생도 알아 낼 수도 없었기 때문에 가장 고마운 사람이라고 할 수 있다.

3. 예시 1 : 내 목숨이 위험한 상황이므로 올리버처럼 용기 있게 행동하지는 못할 것 같다. 그 집에 있는 사람들에게 도둑이 들었다는 것을 알리기보다 오히려 빌 사이크스가 시키는 대로 문을 열어 주고 그들이 도둑질을 하는 데 협력했을 것이다.

예시 2 : 남의 물건을 훔치는 것은 나쁜 행동이다. 게다가 무기까지 가지고 있는 빌 사이크스를 돕는다면 그 집에서 아무것도 모르고 자고 있는 사람들의 안전을 위협하는 꼴이 된다. 어떤 방법을 써서라도 끝까지 알렸을 것이다.

4. 예시 : 1) 어려운 일에도 항상 긍정적으로 생각한다.

　　　　2) 착하고 고운 마음씨로 사람들을 대한다.

　　　　3) 항상 겸손하며 감사하는 마음을 갖는다.

　　　　4) 어려운 일을 헤쳐 나가는 용기가 있다.

　　　　5) 자신을 괴롭히는 사람도 감싸 줄 정도로 너그럽다.

5. 예시 : 유언장에는 재산의 절반을 현재 부인에게 주고, 나머지 절반은 태어날 아이에게 준다고 쓰여 있었다. 그리고 전 부인과 그 아들에게는 해마다 얼마의 돈을 부쳐 주겠다고 되어 있었다. 하지만 내가 만일 올리버의 아버지라면 현재 부인과 올리버에게 재산의 반을 주고, 전 부인과 그 아들에게 나머지 절반을 주었을 것이다. 전 부인은 허영심이 많은 사람이었으므로 무슨 수를 써서라도 돈을 손에 넣으려고 했을 것이다. 차라리 그 사람들 몫으로 반을 주었더라면 유산을 모두 차지하기 위해 올리버를 해치려고 하지는 않았을 것이라고 생각한다.

초등학생이 꼭 읽어야 할 세계 명작 시리즈